KB032787

악마의 음악

OTHER VOICES

경우勁雨 현대 판타지 장편소설

WISHBOOKS MODERN FANTASY STORY

악마의 음악 11

경우勁雨 현대 판타지 장편소설

초판 1쇄 찍은 날 | 2019년　8월 23일
초판 1쇄 펴낸 날 | 2019년　8월 30일

지은이 | 경우
펴낸이 | 예경원

기획 | 위시북스
편집책임 | 이규재
편집 | 위시북스

펴낸곳 | 예원북스
등록번호 | 제396-2012-000132호
등록일자 | 2012. 7. 25
KFN | 제1-456호

주소 | 경기도 고양시 일산동구 호수로 646-24 위너스21Ⅱ빌딩 206A호 (우)10401
전화 | 031-819-9431 팩스 | 031-817-9432
E-mail | yewonbooks@naver.com

ISBN 979-11-365-0064-9 04810
　　　979-11-89564-46-9 (set)

악마의 음악
11
경우勁雨 현대 판타지 장편소설
OTHER VOICES
WISHBOOKS MODERN FANTASY STORY
Wish Books

CONTENTS

아무의 이마아

OTHER VOICES

1장

대통령의 막내아들(2)

　시애틀 케리파크에서 약 2㎞ 떨어진 메트로 시애틀 오피스텔 입구에서, 덥수룩한 수염에 며칠 감지 않은 것 같은 떡 진 단발머리의 남자가 큰 하드 케이스 가방 하나와 기타를 메고, 양손에 쓰레기봉투를 쥐고 어깨로 문을 밀며 걸어 나왔다.

　추운 날씨에 살짝 몸을 부르르 떤 남자가 쓰레기처리장 문을 열고 쓰레기를 던져 넣은 후 길을 나섰다.

　무엇이 들었는지 하드 케이스에 든 큰 가방을 메고 가던 남자가 한참을 걷다가 힘들었는지 벤치 앞에 가방과 기타를 놓아둔 후 털썩 주저앉았다.

　한숨을 푹 쉰 남자가 아무렇게나 기른 머리를 정리한 후 턱을 괴었다.

'이게 벌써 몇 개월째야? 록 밴드는커녕 밴드 멤버 한 명도 못 구하다니……. 엄마한테 생활비 달라는 것도 이제 눈치 보이고…… 아르바이트라도 해야 하려나.'

고민스러운 표정을 지은 남자가 잠시 벤치에서 생각에 잠겼다가 한겨울 칼바람에 옷깃을 여민 후 다시 무거워 보이는 가방과 기타를 들고 케리파크의 입구로 다가갔다.

겨울이라 그런지 평소보다 사람이 적은 공원 입구 근처의 언제나 노래하던 담장 앞에서 가방을 연 남자가 안에서 주섬주섬 앰프와 보면대를 꺼내 잭을 연결했다.

지나가던 사람들이 힐끔거렸지만 다들 바쁜지 각자 갈 길을 가느라 여념이 없었다.

핸드폰을 앰프에 연결한 후 보면대 위에 올려둔 남자가 베이스 기타를 꺼내 매고는 핸드폰을 터치하자, 앰프를 통해 Mr. Big의 'Nothing But Love'가 흘러나왔다.

'에릭 마틴'의 보컬에 맞추어 작은 일렉 기타 소리가 바이올린 같은 소리를 내자 길을 가던 사람들이 발걸음을 멈추고 남자를 보았다.

잠시 음악을 듣기만 하며 고개를 숙이고 있던 남자가 기타 연주에 드럼과 베이스가 올라타는 부분이 나오자 그루브한 베이스 연주를 시작했다.

굵고 부드러운 베이스음이 멋들어지게 연주되었지만 베이

스 기타로 하는 버스킹은 그리 재미가 없었는지 남자를 바라 보던 사람들이 다시 흩어졌다.

사람들이 흩어지든 말든 눈을 감은 채 자신만의 세상에 빠져든 남자가 마지막까지 연주를 끝내고 주위 사람들을 보며 씁쓸하게 웃었다.

핸드폰으로 다음 곡을 검색하려던 남자의 눈에 멀리 떨어진 곳에 여자아이와 함께 앉은 남자가 들어왔다.

'뭐야, 저 웃기는 놈은? 미키마우스 티셔츠라니. 옆에 아이가 딸은 아닌 것 같고, 막냇동생인가? 그래도 남자 놈이 무슨 미키마우스야? 모자는 푹 눌러쓰고 해도 안 나는 날 선글라스까지 썼네. 무슨 개똥 멋이야, 저게? 나도 옷 참 못 입지만 너도 참 가관이다.'

♪♩♫

버스킹을 하던 연주자가 벤치에 앉아 팔짱을 끼고 있는 남자와 여자아이를 보며 마음속으로 흉을 보고 있을 때 벤치에 앉아 있던 남자가 소파 끝에 걸터앉아 발을 흔들고 있는 소녀에게 말했다.

"키스카, 그러다 떨어져. 조금 올라와."

엉덩이를 들썩이며 소파 안쪽으로 파고든 키스카를 본 건이 베이스 기타를 연주하고 있는 남자를 고갯짓하며 물었다.

"저 사람 연주 어때?"

키스카가 건이 가리키는 남자를 슬쩍 본 후 고개를 저었다. 건이 선글라스를 살짝 내리며 말했다.

"별로야? 잘하는 것 같은데?"

키스카가 볼을 부풀리며 얼굴을 만진 후 손으로 엑스를 그리자 건이 웃음을 터뜨렸다.

"못생겼다고? 하하핫! 왜 그래, 수염 때문에 그렇지 잘생긴 사람이야. 이름도 케빈이래. 뭔가 멋진 이름이잖아."

키스카가 건의 말에 다시 사내를 보더니 관심이 없어졌는지 지나가는 사람들에게 시선을 주었다.

웃음을 짓던 건의 귀에 케빈이 재생한 음악이 들렸고 건은 살짝 놀란 표정으로 눈을 감고 집중하고 있는 케빈을 보았다.

"와이너리 독스? Shine이네. 빌리 시언이 롤 모델인가 보구나. 이 곡의 베이스는 엄청 그루브해야 할 텐데……."

잠시 후 베이스를 거문고 뜯듯이 치기 시작하는 케빈을 뚫어지게 본 건이 선글라스를 내려 케빈을 자세히 보았다.

노래가 끝날 때까지 말없이 케빈을 지켜보던 건은 연주가 끝나자 선글라스 너머로 케빈을 보면서 이를 드러냈다.

"호오? 잘하는데?"

건이 케빈에게 시선을 떼고 옆에 앉은 키스카를 보자 언제부터인지 모르지만 케빈의 연주를 가만히 듣고 있던 키스카가 작게 박수를 치고 있는 것이 보였다.

그런 키스카를 보며 미소를 지은 건이 고개를 돌려 다음 곡을 선곡하고 있는 케빈을 보았다.

다시 한번 선글라스를 코에 걸치고 케빈의 모습을 본 건이 입꼬리를 올렸다.

"어쩌면 대통령의 막내아들은 제대로 된 길을 가고 있는 것일지도 모르겠는데? 후후."

♪♩♫

어둑어둑해진 저녁 무렵.

남들이 자신을 봐 주든 말든 거리에서 기타 연주를 하던 케빈이 주섬주섬 악기를 챙겨 가방에 넣고 기타와 함께 어깨에 짐을 올리며 힐끔 멀리 떨어진 벤치를 보았다.

'아직도 있어? 참나 할 일 없나 보네. 봐주는 건 고맙다만 볼거면 1달러라도 내고 보라고!'

잠시 건과 키스카를 째려봐 준 케빈이 무거운 가방을 들고 몸을 휘청거리며 지친 걸음을 옮겼다.

버스비도 없는지 한참을 걸어가던 그가 시애틀 노스이스트 50번가를 지나 오른쪽 골목으로 돌았다.

멀리 떨어져 경호하던 조직원에게 기다리다 잠이 든 키스카를 넘겨준 건이 케빈과 조금 거리를 두고 뒤를 쫓았다.

첩보영화의 한 장면 같이 몰래 남을 미행하는 것에 재미가 들린 건이 나무 뒤, 쓰레기통 뒤에 숨어가며 케빈을 쫓다 보니 그가 한 건물의 지하실로 내려가는 것을 확인할 수 있었다.

잠시 주위를 둘러본 건이 지하실 앞에 서서 간판을 읽었다.

"스타…… 가라오케?"

건이 어이없는 표정으로 지하로 내려가는 계단을 보았다.

"대통령 아들이 이런 곳에서 일한다고?"

가만히 팔짱을 끼고 생각에 잠겼던 건이 자신을 뒤따라 오던 경호원들에게 손짓했다.

건의 미행 놀이에 동참해 몸을 숨기고 있던 조직원 세 명이 황급히 다가왔다.

"혼자 들어갈 테니 밖에 계셔주세요."

출발 전 미로슬라브에게 건의 말에 절대복종하라는 지시를 받은 조직원들이 두 말없이 지하로 내려가는 계단 양쪽에 서자, 잠시 주위를 보던 건이 계단을 내려갔다.

밝은 조명이 화려하게 빛나는 계단을 반 층 내려가자 휘황찬란한 네온사인으로 'Star Karaoke'라고 쓰여 있는 간판이 나왔다.

건이 간판 앞에 서자 계단 왼편에 있던 자동문이 열리며 동양인으로 보이는 웨이터가 소리쳤다.

"어서 오세요! 스타 가라오케입니다!"

미국의 다른 가게에서는 이런 식으로 인사하지 않기에 선글라스 너머로 직원을 살핀 건이 다시 선글라스와 모자를 고쳐 쓴 후 목도리로 코 아래를 가렸다.

"아, 예. 혼자예요."

가르마를 탄 머리에 파마자 기름을 잔뜩 발라 느끼한 느낌을 주는 일본인 직원이 유창한 영어로 밝게 말했다.

"네, 혼자 오셔도 환영입니다, 손님. 룸으로 모실까요, 아니면 홀로 모실까요?"

건이 가만히 소리에 귀를 기울여 본 후 물었다.

"지금 악기 조율을 하고 있는 곳이 홀인가요?"

직원이 조율하고 있는지 음이 맞지 않아 시끄러운 홀 쪽으로 고개를 돌리며 말했다.

"네, 손님. 홀입니다. 그런데 연주자들이 이제 출근을 해서요. 지금 홀에 가시면 노래하실 수 있기까지 조금 시간이 걸립니다. 룸에는 노래방 기계가 있어서 바로 노래하실 수 있고요."

"아, 괜찮습니다. 홀에서 기다릴게요."

"네, 알겠습니다! 그럼 홀로 모시겠습니다, 이쪽으로 오시죠!"

직원의 안내를 받아 큰 카운터를 지나 홀에 도착한 건이 작은 무대 위에 마이크 스탠드가 서 있고 벽을 등지고 선 연주자들을 보았다.

배불뚝이 아저씨들로 구성된 작은 밴드의 가장 구석에 좋지 않은 표정으로 베이스 기타를 조율하고 있는 케빈을 본 건이 직원이 안내한 좌석에 앉으며 물었다.

"저기, 베이스 기타를 치고 있는 분은 젊은 분이네요?"

직원이 고개를 돌려 무대를 힐끔 본 후 고개를 끄덕였다.

"예, 오늘부터 일하기로 한 친구입니다. 오디션을 볼 때 같이 있었는데 실력이 죽이지요. 손님도 없는 시간이니 조율이 끝나면 맨 먼저 한 곡 하게 해드리겠습니다, 손님."

건이 웃으며 손사래를 쳤다.

"하하, 괜찮아요. 하고 싶으면 말씀드릴게요. 여기 팁이요. 고마워요."

건이 아무렇게나 집어준 팁의 양이 상당히 많은 것에 놀란 직원이 허리를 구십 도로 접으며 외쳤다.

"뭐든 시켜만 주십시오, 손님! 주문은 기본으로 해드릴까요? 기본은 40달러이고, 맥주 여섯 병과 과일 안주가 나옵니다, 손님. 여덟 시 전에 방문하셨으니 할인이 적용된 금액이고요."

혼자 맥주 여섯 병을 마시기는 무리였지만 건이 대충 고개를 끄덕이자 팁의 힘인지 바람처럼 달려가 맥주를 내오는 직원이었다.

안주가 나오기 전 부리나케 가져온 맥주 한 병을 직접 따서 건의 잔에 부어준 직원에게 감사의 뜻으로 살짝 웃어준 건이 곧바로 조율을 하고 있는 케빈에게 시선을 옮겼다.

♪♫♩

한편 오늘 처음 만난 할아버지에 가까운 아저씨들과 간단한 인사를 나눈 후 조율을 하고 있던 케빈이 인상을 썼다.

'젠장, 이것도 사운드라고. 엠프는 다 찢어진 소리가 나오고, 뒷벽이 원형이라니! 직사각형 벽도 소리 퍼짐이 제대로 나아가지 않을 수도 있는데. 도대체 여기 설계를 누가 한 거야?'

불만족스러운 표정으로 볼을 부풀렸지만, 연주자들과 카운터에서 지켜보고 있는 일본인 사장의 눈치를 보던 케빈이 표정 관리를 했다.

'그래도 어떻게 얻은 자린데, 더 이상 엄마한테 손 벌리기도 미안해. 어떻게든 내 생활비는 스스로 벌어보자. 좀 아끼고 살면 이런 아르바이트 한 두 개로 좀 더 버텨볼 수 있을 거야.'

잠시 후 초저녁부터 거나하게 취한 손님들이 하나둘씩 자리를 채우기 시작했다. 가라오케라고 해서 동양인들이 주 손님일 거라는 예상과는 다르게 서양인 손님들도 꽤 많았다.

손에 맥주병을 들고 휘청거리며 무대에 오른 큰 덩치의 백인

할아버지가 기타 스탠드를 툭툭 쳐본 후 말했다.

"어이, 밴드. 노래 한 곡 할 테니 연주 좀 부탁해."

기타를 잡고 있던 백발 할아버지가 웃으며 물었다.

"예, 손님. 뭘 연주해 드릴까요?"

"내 이름은 손님이 아니라 대니야. 당신 이름은 뭐지?"

기타리스트 할아버지는 자신에게 대뜸 하대하는 또래의 손님 말이 기분 나쁘지도 않은지 공손히 두 손을 모으고 웃었다.

"예, 제 이름은 타일러입니다."

"그래, 타일러. 잘 부탁하지. 연주가 좋으면 팁을 듬뿍 주겠어. 오늘 같은 날은 좀 마셔야 하거든."

"아이고, 감사합니다, 대니. 어떤 곡을 연주할까요?"

타일러가 기타 스탠드를 잡고 똥폼을 잡은 채 말했다.

"비틀즈! Come Together로 부탁해!"

타일러가 잠시 난감해하며 드러머와 케빈을 보았다.

"저기…… 손님 그 노래는 연주는 쉬워도 노래하시기는 어려울 텐데……."

대니가 기분 나쁜 표정을 지으며 기타 스탠드를 툭 쳤다.

"뭐야? 지금 날 무시하는 건가?"

타일러가 황급히 손을 저으며 말했다.

"아! 아, 아닙니다, 손님. 그럴 리가요. 그, 그럼 연주하겠습니다."

"내가 신호하면 시작해!"

"아, 예, 예. 손님."

대니가 마이크 스탠드를 잡은 후 마치 록스타라도 된 것처럼 카운트했다.

"원! 투! 원 투 쓰리 포!"

드럼, 기타, 베이스가 동시에 컴 투게더의 그루브한 도입부의 연주에 들어가자 대니가 다리를 까딱이며 리듬을 탔다.

엄청나게 튀어나온 배가 출렁거리는 것을 본 취객들이 웃어대자 더 오버하며 이상한 춤을 추어대는 대니에게 시선이 집중되었지만, 구석 자리에 앉아 무대를 지켜보고 있던 건 케빈의 연주에 신경을 집중했다.

'음…… 그루브감이 남다르다. 폴 메카트니의 연주보다 그루브감만은 더 뛰어나. 하지만…… 이 곡에서 베이스가 저렇게 튀어서야…… 다른 연주자들의 실력도 생각해야지 케빈.'

아나나 다를까 무대를 바라보고 있던 관객들이 너무 큰 베이스 음량에 케빈에게 시선이 돌아가자 대니가 마이크에 대고 소리를 질렀다.

"스탑! 멈춰!"

연주자들이 황급히 연주를 멈추자 마이크 스탠드를 발로 차 넘어뜨린 대니가 술기운에 휘청거리며 베이스 앰프로 다가가 볼륨을 확 줄였다.

연주하느라 앉아 있던 케빈이 대니를 올려다보자 대니가 삿 대질을 하며 무서운 얼굴로 말했다.

"주인공은 네가 아니라 나야. 알았어? 넌 이 볼륨으로 연주 해. 어디서 있으나 마나 한 베이스 따위가 내 보컬 소리를 방해해? 건방지게."

케빈이 인상을 찌푸리고 기타를 치우려 하자 황급히 다가 온 타일러가 케빈을 가리고 서서 말했다.

"아이고, 죄송합니다. 손님. 그렇게 하겠습니다."

자신의 몸으로 케빈의 표정을 가린 타일러가 대니를 다독인 후 쓰러진 마이크 스탠드를 바로 세웠다.

눈짓으로 케빈에게 참으라는 신호를 보낸 타일러가 다시 대 니가 신호를 줄 때까지 기다렸다. 잠시 후 대니가 다시 신호를 주었고 연주가 시작되었지만, 볼륨이 줄어든 베이스 기타 소 리는 들리지도 않았다.

만족스러운 표정을 지은 대니가 존 레논의 박자를 정확히 타는 보컬과 다르게 고래고래 소리만 지르는 노래를 모두 끝 내고, 주머니에서 구겨진 지폐 몇 개를 타일러에게 내밀었다.

"좋아, 이건 팁이다. 그런데 저 베이스 기타 치는 애송이한테 는 주지 마. 타일러 너와 저기 드럼 치는 놈에게만 주는 거니 까."

대니가 고개를 돌려 앉아 있는 케빈을 보고는 무대 위에 침을 뱉은 후 다시 휘청거리며 무대를 내려갔다.

케빈이 얼굴을 일그러뜨리며 자리에서 일어나려 하자 타일러가 달려와 케빈을 몸으로 안고는 다급히 속삭였다.

"참아! 지금 화내면 쫓겨난다고! 이런 곳에서 일하면 저런 녀석들은 하루에도 수십 명씩 보게 될 거야. 이것도 못 참으면 넌 여기서 일을 할 수 없다고!"

타일러의 말에 이를 갈며 다시 자리에 털썩 주저앉은 케빈이 인상을 찌푸리다가 손으로 눈을 가리며 한숨을 쉬었다.

"휴…… 내가 어쩌다가……."

타일러가 그런 케빈을 내려다보며 고개를 절레절레 저었다.

"실력도 좋아 보이는데 왜 이런 곳까지 흘러들어왔는지 모르겠지만, 여기서 계속 일하고 싶다면 성질 죽이라고. 저기 봐, 저 돈 많은 일본 사장이 너 째려보는 거 보이지? 네가 사고 칠 것 같으니 저렇게 감시하고 있는 거 아냐."

케빈이 손을 코 부근까지 내린 후 카운터를 보자 손가락 두 개를 들어 자신의 눈을 가리킨 일본인 사장이 눈을 부라렸다.

다시 한숨을 쉰 케빈이 기타를 잡고 수많은 취객들이 고래고래 소리를 지르며 하는 노래에 반주를 시작했다.

시간이 가면 갈수록 점점 무표정한 얼굴로 기계적인 연주를 계속하던 케빈은 음악적인 퀄리티를 포기했는지 앰프의 볼륨을 죽이고 단지 반주를 위한 단순한 연주만 반복했다.

♪♫♩

　시간이 점차 흐르고 밤 12시가 가까워지자 홀을 꽉 채웠던 손님 중 반 이상이 빠졌다.

　조금씩 노래하는 손님들이 줄어들고 쉬는 시간이 늘어난 케빈이 무표정하게 바닥을 보고 있다가 물을 마시려 물병에 입을 대고 고개를 드는 순간 무대 위로 올라오는 또 다른 손님을 보고 눈을 크게 떴다.

　'미키 마우스 티셔츠? 뭐야, 여기까지 쫓아 온 거야? 스토커냐, 너?'

　타일러가 무대 위로 올라온 건을 보자마자 황급히 대기하고 있던 의자에서 일어나며 친절한 미소로 물었다.

　"아이고, 노래하시려고요, 손님? 무슨 노래로 연주해 드릴까요?"

　건이 미소를 지으며 지갑에서 100달러짜리 지폐를 꺼내 내밀자 눈이 커진 타일러가 돈을 받지도 못하고 건을 보았다.

　건이 지폐를 흔들며 말했다.

　"이거 드릴 테니까, 그 기타 제가 치게 해주실래요? 노래는 안 해요."

　타일러가 눈을 깜빡이며 건이 내민 지폐를 보았다. 타일러가 머뭇거리자 건이 지폐를 다시 흔들며 말했다.

"안 될까요?"

타일러가 얼떨결에 손을 내밀자 건이 그의 손 위에 지폐를 올려두며 웃었다.

"그냥 연주가 하고 싶은 것뿐이에요."

건이 타일러에게 다시 손을 내밀자 잠시 건의 손을 내려다보던 타일러가 황급히 기타를 넘겨주었다.

건이 타일러의 기타를 쓸어 보며 미소를 지었다.

"브랜드 있는 제품은 아니지만, 오랫동안 사랑받은 기타인 것 같네요. 관리도 잘 되어 있고요."

멍한 표정으로 건을 보던 타일러가 아직 홀의 절반가량을 채우며 술을 마시고 있는 손님들을 힐끔 본 후 작게 물었다.

"저…… 그런데 손님. 아직 다른 손님들이 많아서 그런데…… 기타 연주를 어느 정도 하시나요?"

건이 피식 웃은 후 타일러의 기타로 빠른 솔로 연주를 했다.

앰프를 꺼둔 상태라 소리가 나지 않았지만, 건의 테크닉을 본 타일러가 놀란 표정을 지으며 물었다.

"실력이 좋으시군요! 원래 연주를 하시던 분인가 봅니다. 휴, 다행이네요. 그럼 어떤 곡을 연주하실 생각이세요?"

건이 인상을 굳히고 자신을 바라보고 있는 케빈을 슬쩍 본 후 말했다.

"거기 베이스 기타 연주자분? 혹시 에릭 존슨의 'Cliffs of Dover'라는 곡 연주 가능할까요?"

케빈의 눈이 커지며 말을 더듬었다.

"예……? 그건…… 조용하긴 하지만 록 연주곡인데, 여기서 연주하시려고요?"

건이 미소를 지으며 고개를 끄덕이자 얼빠진 표정을 짓고 있던 케빈이 이내 고개를 끄덕였다.

"네, 가능하긴 합니다."

"후후, 드럼도 가능하죠?"

드러머가 걱정하지 말라는 듯 스틱을 돌리는 것을 본 건이 타일러가 앉아 있던 의자에 앉아 멀티를 조절하고 음을 맞췄다.

앰프를 줄여두긴 했지만, 음을 맞추며 잠시 연주한 곡만으로도 건의 실력이 대단하다는 것을 눈치챈 케빈이 약간 기대하는 눈빛을 보내자 기기 조율을 마친 건이 일어나 케빈의 앰프로 다가왔다.

잠시 앉아 있는 케빈과 눈을 맞춘 건이 손을 들어 그의 앰프 볼륨을 높여주며 웃었다.

"볼륨 좀 높일게요."

기타의 볼륨과 비슷한 수준까지 베이스 앰프의 볼륨을 올리는 것을 본 케빈이 미소를 지었다.

다시 자리에 앉은 건이 눈을 감고 감정에 집중한 후 기타 현에 손을 올렸다.

신비로운 곡이 홀에 울려 퍼지자 술을 마시며 시시덕거리던 취객들의 고개가 무대 쪽으로 돌아갔다.

무대 위에 모자와 선글라스를 쓰고 목도리를 코까지 올린 남자가 코트 안으로 살짝 보이는 미키 마우스 티셔츠를 입고 눈을 감은 채 혼자 기타를 연주하고 있는 것을 본 손님들이 노래하는 사람이 없는 것을 보고 고개를 갸웃했지만, 신비롭고 느리게 시작해 점점 빨라지고 있는 연주를 들으며 점차 조용히 음악에 집중하기 시작했다.

한편 건이 베이스 앰프의 볼륨을 올려주는 순간부터 건에게 호의를 가진 케빈은 건의 연주를 듣다가 이내 눈을 감았다.

황량한 데스 벨리의 어느 절벽에 서서 자연을 향해 연주하는 기타리스트를 떠올린 케빈이 드럼과 베이스가 합류하는 지점에서 경쾌한 음을 내며 합류했다.

곡이 빨라졌지만 여유로운 표정으로 정확한 음으로 솔로 연주를 계속하고 있는 건의 연주에 올라탄 케빈이 눈을 감은 채 연주에 빨려 들어갔다.

무아지경에 빠져들어 건과 함께 연주하고 있던 케빈의 얼굴에 점차 미소가 떠올랐다.

'빨려 들어갈 것 같아! 잠시라도 정신을 놓으면 내 연주가 먹

힐 수준이지만, 대단하다! 정말 대단한 연주야!'

6분이 넘는 긴 연주를 하는 내내 케빈은 너무도 즐거웠다. 물론 장르는 달랐지만 처음 드림 시어터(Dream Theater)의 'Another Day'라는 곡을 듣고 너무 빠져들어 CD를 사서 수없이 듣던 밤이 떠오른 케빈이 연주의 끝이 다가올수록 안타까운 표정으로 바뀌어 갔다.

'연주를 멈추고 싶지 않아. 조금만 더, 조금만 더⋯⋯. 부탁해!'

아무리 긴 곡이라 하여도 모든 것에는 끝이 있었다.

마지막까지 감은 눈을 한 번도 뜨지 않고 연주에 집중하던 케빈이 건의 연주가 멈춤에 따라 자신의 연주도 멈추고 마지막 베이스 음의 굵은 진동을 느끼며 희열에 찬 표정을 지었다.

천천히 눈을 뜨고 무대 아래를 바라본 케빈의 눈이 더할 수 없을 만큼 커졌다.

연주하든 말든 시끄럽게 떠들거나 그저 입에 술병을 대고 퍼부어대던 손님들 모두가 자리에서 일어나 휘파람을 불고 박수를 치고 있었기 때문이다.

"휘이이익! 멋지다!"

"가라오케에서 이런 연주를 듣다니! 멋있었어요!"

"대단하다! 진짜 최고였어!"

사람들이 일어나 자신의 머리 위로 손을 들고 박수를 보내는 것을 본 건이 기타를 놓고 자리에서 일어나 살짝 묵례를 했다.

사람들이 더 큰 박수를 보내주자 건이 한 손을 내밀어 케빈과 드러머를 가리켰다. 건의 의도를 알아챈 사람들이 큰 환호를 보냈다.

"베이스도 최고였어!"

"맞아, 그루브한 연주를 듣는 내내 소름이 돋았다고! 저런 연주가가 왜 이런 곳에 있는 거야?"

"어디 음대 학생인가 봐, 이런 데서 연주할 수준이 아니잖아?"

"드럼도 좋았어, 아저씨!"

"하하, 배불뚝이라 스네어 드럼을 치다가 팔이 배에 걸리는 건 좀 웃겼지만 좋았어요!"

무대 옆에 서 있던 타일러도 크게 손뼉을 치며 상기된 표정을 지었다.

"정말 대단했습니다! 프로 연주가이신 가요?"

건이 타일러에게 기타를 돌려주며 고개를 저었다.

"아직은 학생이에요. 고맙습니다."

"그래요? 미래의 스타를 만난 것이군요! 정말 대단했습니다, 당신이라면 금방 스타가 될 수 있을 거예요. 꼭 지켜보겠습니다. 성함이 어떻게 되시죠?"

"하하, 이름까지 알려드릴 만한 사람은 아닙니다. 그럼."

홀린 듯한 눈빛으로 멍하게 건을 바라보고 있는 케빈은 아직 베이스 기타현에서 손을 내리지도 못하고 있었다.

케빈을 힐끔 본 건이 무대 아래로 내려가 자신의 자리로 돌아가자 아직도 박수와 환호를 보내주고 있는 손님들이 건이 지나갈 때마다 손을 내밀어 악수를 청했다.

손님들과 악수를 해준 건이 자리로 돌아오자 카운터에 있던 일본인 사장이 얼른 뛰어와 말했다.

"멋진 연주였습니다, 손님! 우리 가게에 자주 와주세요. 오늘 술값은 받지 않겠습니다."

건이 미소를 지으며 고개를 끄덕였다.

"괜찮지만, 주시는 것이니 감사히 받겠습니다."

"아이고, 자주만 와주세요. 부탁드립니다."

"하하, 네 알겠습니다."

사장이 돌아가고 혼자 맥주를 홀짝이며 시계를 본 건이 1시가 넘은 것을 확인하고 자리에서 일어났다.

늦은 시간이라 많은 손님이 카운터 앞에서 계산하다가 건이 나오는 것을 보고는 다시 환호성이 터뜨렸다.

손을 흔들어준 건이 밖으로 나오자 대기하고 있던 조직원이 붙으며 물었다.

"호텔로 돌아가시겠습니까?"

건이 계단 아래를 슬쩍 본 후 고개를 저었다.

"아니요, 좀 더 있을 거예요. 사람들 나오니 차에서 기다려 주실래요?"

"네, 알겠습니다. 케이."

조직원이 사라지자 계단을 통해 계산을 마친 손님들이 나오기 시작했다.

계단 옆 벽에 기대어 팔짱을 끼고 있던 건이 나오는 손님들을 바라보다가 황급히 뛰어나와 주변을 두리번거리는 케빈을 보고는 슬쩍 웃었다.

케빈은 계단을 뛰어 올라오자마자 고개를 돌리다가 벽에 기대 있는 건을 보고는 다급하게 다가왔다.

"저, 저기! 저기요!"

건이 팔짱을 풀며 케빈을 보았다.

"네, 말씀하세요."

케빈이 머뭇거리다가 머리를 긁었다.

"저…… 아까 학생이라고 말씀하셨는데, 혹시 밴드를 하고 계시는가 해서요."

건이 어색한 웃음을 지으며 자신의 눈치를 보고 있는 케빈을 보며 미소를 지었다.

"아니요, 밴드는 없어요."

케빈의 얼굴이 확 밝아지며 말했다.

"저, 저기! 당신에게는 부족할지도 모르지만, 저도 연주는 자신 있습니다! 혹시 저와 함께 밴드를 만들 생각은 없으신가요?"

건이 잠시 케빈을 위아래로 훑어보자 긴장한 표정으로 건의 입이 열리길 기다리던 케빈의 아무 말 대잔치가 시작되었다.

"저, 저는 음대에서 콘트라 베이스를 전공했고요. 아! 베, 베이스 기타도 곧잘 연주합니다! 무, 물론 대학에서 전공하지는 않았지만요…… 그리고…… 에, 저는 스물한 살입니다. 이름은 케빈이고요. 여, 여자친구는 없고요, 지금은 시애틀에서 밴드 멤버를 구하며 혼자 살고 있습니다!"

건이 횡설수설하는 케빈을 빤히 보다가 웃었지만, 그의 입에서 나온 말은 부정이었다.

"미안해요. 밴드를 만들 생각은 없어요."

순식간에 실망으로 온 얼굴을 가득 물들인 케빈이 고개를 떨구었다.

너무 크게 실망을 했는지 말도 잇지 못하고 있는 그에게 다가간 건이 어깨를 툭툭 치며 말했다.

"하지만 당신의 실력은 인정합니다. 그래서 난 당신에게 기회를 주고 싶어요."

생각지도 못했던 건의 말에 고개를 든 케빈이 아직 실망감을 지우지 못한 얼굴에 기대감을 더했다.

"예? 무슨 기회요?"

건이 그의 눈을 직시하며 말했다.

"실력 있는 밴드를 소개해 드리죠. 당신의 눈높이에 맞을 겁니다."

"아…… 어떤 분들인가요? 어느 클럽에서 공연하는 분들이죠?"

"후후, 클럽에서 공연하는 분들은 아닙니다. 내일 오전에 시간 되시나요?"

"아, 내일은…… 네, 네! 됩니다!"

내일 오전에 부녀회의 행사에서 연주 아르바이트를 해주기로 한 케빈이었지만 대차게 아르바이트를 포기하고 건을 선택한 케빈이 말했다.

"어디서, 몇 시에 볼까요?"

건이 손목시계를 힐끔 본 후 물었다.

"시간은 11시쯤이면 좋을 것 같고, 혹시 쉐라톤 시애틀 호텔 (Sheraton Seattle Hotel) 아세요?"

케빈이 크게 고개를 끄덕이며 말했다.

"물론이죠, 거기로 가면 될까요?"

"네, 거기 10층 스카이라운지로 오세요."

"아, 알겠습니다! 고맙습니다. 내일 뵙겠습니다!"

"네, 그래요."

케빈은 건이 완전히 사라질 때까지 하염없이 건의 뒷모습을 보았다.

'아직 기회는 있어! 소개해 준다는 밴드가 마음에 안 든다고 해도 저 사람과 좋은 관계를 유지해야 해, 그럼 언젠가는 나에

게 기회가 있을지도 몰라!'

　오피스텔로 돌아간 케빈이 거의 뜬눈으로 밤을 지새우고 오전 여덟 시부터 집을 나서 호텔 주변을 맴돌았다. 열 시 반이 되어서야 호텔 10층으로 올라온 케빈이 엘리베이터 문이 열리자마자 뛰어내려 오전이라 사람이 없는 스카이라운지를 두리번거리다 창가에 홀로 앉아 책을 보고 있는 건을 보고는 반색하며 뛰어갔다.

　"아, 안녕하세요!"

　건이 보고 있던 책을 덮은 후 손목시계를 보고는 웃었다.

　"일찍 오셨네요. 앉으세요."

　케빈이 자리에 앉은 후 직원이 가져다준 메뉴판을 확인하고는 표정을 굳혔다.

　우물쭈물하는 그를 본 건이 한쪽 팔을 내밀며 말했다.

　"제가 초대한 자리니 제가 낼 거예요. 부담 갖지 마시고 드세요."

　그제야 안도하는 표정을 지은 케빈이 미안한 표정으로 메뉴판을 밀었다.

　"그, 그럼 전 그냥 커피 마시겠습니다."

　직원을 불러 커피를 주문한 건이 잠시 창밖으로 시선을 주었다가 엘리베이터가 도착하는 소리를 듣고 고개를 돌렸다.

누군가 엘리베이터에서 내리는 것을 본 건이 자리에서 일어나며 말했다.

"저기 오시네요. 당신에게 소개해 줄 밴드 멤버가."

케빈이 건의 얼굴을 뚫어지게 보고 있다가 놀라며 고개를 돌린 후 눈을 크게 떴다.

"카, 카, 카! 카를로스 몬타나?"

그답지 않게 조금 통이 넓은 정장을 입은 카를로스가 웃으며 다가와 양팔을 벌렸다.

"하하, 오랜만이야!"

건이 카를로스를 안아주며 웃었다.

"그러게요. 오페라 공연 때 왜 대기실에 안 들르셨어요?"

카를로스가 건의 팔을 잡은 채 웃음을 지었다.

"바빠 보여서 말이지. 난 나름 내가 유명인사라고 생각했는데 거기 가서 보니 나는 명함도 못 내밀 인사들이 잔뜩 있잖아? 하하, 그래서 그냥 공연만 보고 왔어."

"에이, 카를로스가 온다는데 그깟 시간 좀 못 뺄까요. 다음에는 그러지 말고 꼭 들렀다 가서야 해요."

"하하, 알았어. 그런데 이 친구야?"

카를로스가 멍한 표정을 짓고 있는 케빈을 보며 옆자리 소파에 앉자 건이 맞은 편에 앉으며 말했다.

"네, 전화로 말씀드린 분이에요."

카를로스가 케빈을 아래위로 본 후 물었다.

"자네, 나 알아?"

케빈이 화들짝 놀라며 벌떡 일어났다.

"그, 그럼요! 만나서 영광입니다!"

"허허, 그래. 앉아서 이야기하자고. 목 아파."

"아, 예!"

케빈이 자리에 앉자 카를로스가 입을 열었다.

"실력이야 이 친구가 보증했으니 됐고, 나이는?"

실력 운운하는 이야기가 무슨 말인지 몰랐지만, 정신이 없던 케빈이 그가 묻는 말에 답하기 바빴다.

"스, 스물한 살입니다. 카를로스."

"그래? 젊구먼. 내가 이 친구를 만났을 때보다는 많지만 말이야. 그래도 그 나이에 이 친구의 인정을 받은 걸 보니 자네도 꽤 천재성이 있는 사람일 테지."

"에, 예? 처, 천재는 아닌······."

"아, 됐어. 지금 우리 밴드에 베이스 멤버가 없는 상태야. 올해 초에 원래 베이스를 맡고 있던 친구가 병환으로 드러누워 버렸거든. 아마 복귀는 어려울 것 같아서 새 멤버를 찾는 중이었어."

케빈이 카를로스의 말의 의미를 이해하지 못하고 바보 같은 표정을 짓고 있자 카를로스가 케빈의 등을 세게 치며 말했다.

"정신 차려! 하하, 무슨 생각을 하고 있는 거야?"

카를로스가 내려친 등이 아픈지 몸을 부르르 떤 케빈이 조심스럽게 물었다.

"저, 저기 그런데 방금 새 멤버를 찾고 계시다고……."

카를로스가 슬쩍 고개를 끄덕이며 말했다.

"응, 그런데 마침 여기 이 친구가 베이스 멤버를 추천해 주겠다고 하더군. 나한테 누군가를 추천한 건 처음이야. 그래서 한달음에 달려왔지. 어때, 생각 있나?"

케빈이 너무 놀란 나머지 입을 떡 벌리고 건과 카를로스를 번갈아 보았다.

카를로스가 그런 케빈을 본 후 자리에서 일어났다.

"자, 그래도 실력은 한번 봐야지. 가까운 곳에 스튜디오 잡아뒀으니까 이동하자고."

케빈이 갑자기 실력을 보겠다는 카를로스의 말에 놀라 엉거주춤 일어나며 말했다.

"저, 저기 제가 기타를 안 가져왔는데요."

카를로스가 문제없다는 듯 웃었다.

"실력 없는 놈들이 연장 탓을 하는 법이거든. 가서 아무거나 골라잡아서 연주해 봐. 거기 가면 이미 다 준비되어 있을 테니까."

카를로스가 건에게 고갯짓을 하자 그 역시 웃으며 일어나 함께 엘리베이터로 향했다. 뒤처진 케빈이 턱이 빠져라 입을 벌리고 있다가 엘리베이터가 도착하는 소리를 듣고 부리나케 두 사람을 쫓아갔다.

호텔 앞에 주차된 카를로스의 차를 타고 약 오 분여를 달린 세 사람이 지하 스튜디오에 도착했다.

카를로스의 개인 매니저가 미리 도착해 스튜디오 세팅을 한 후 세 사람이 오자 얼른 자리를 비켜주는 것을 본 카를로스가 세팅되어 있는 갈색 베이스 기타를 가리키며 말했다.

"자, Fender USA American Elite Jazz Bass 모델이야. 얼마 짜리 기타인지는 설명 안 해도 알겠지? 연장 탓하지 못하게 좋은 기타로 준비해 뒀으니, 실력 한번 보자고."

케빈이 반짝거리는 갈색 베이스 기타를 보다가 머뭇거리며 간이 의자에 앉아서 조심스럽게 베이스 기타를 들었다.

손에 착 감기는 느낌을 느껴보던 케빈이 어렵게 말문을 열었다.

"저…… 어떤 곡을 연주하면 될까요?"

카를로스가 어깨를 으쓱하자, 건이 나서며 말했다.

"가급적이면 와이너리 독스 곡으로 해볼래요? 어제 보니까 빌리 시언 스타일의 그루브한 연주를 잘하시는 것 같던데."

케빈이 잠시 생각에 잠겼다가 이내 연주를 시작했다.

첫 마디를 듣자마자 고개를 끄덕인 카를로스가 옆에 서 있던 건에게 나직하게 말했다.

"네 말대로 그루브함은 죽이는군."

건이 살짝 웃으며 소곤거렸다.

"들어봐요, 카를로스."

둥, 두둥, 두두두둥 둥, 두두둥-

케빈은 홀로 베이스 기타를 연주하고 있었지만 엄청난 리듬감으로 마치 밴드가 연주하는 듯한 느낌의 연주를 하였다.

얼마나 집중을 했는지 연주를 시작하고 30초도 지나지 않아 굵은 땀방울을 비 오듯 흘리며 연주하는 케빈을 보고 눈썹을 꿈틀대던 카를로스가 슬쩍 미소를 지으며 건에게 말했다.

"좋은데? 조금만 다듬으면 훨씬 나을 것 같군."

건이 거 보라는 듯 카를로스의 등을 툭 치며 말했다.

"제가 말했죠? 재능이 있다니까요."

"후후, 그런데 아까 그 말 꼭 지켜. 곡 하나 써주겠다는 말 말이야."

"하하, 알았어요. 제가 부탁한 기타리스트의 데뷔인데 제가 책임질게요."

"꼭 지켜야 해. 안 그러면 저 녀석 데뷔도 없어. 솔직히 욕심나는 녀석이긴 하지만 다듬으려면 나도 고생해야 한다고."

"하하, 꼭 지킬게요. 아니, 돌아가서 근 시일 내에 바로 써드릴게요."

"좋아, 믿겠어."

다시 케빈의 연주를 들으며 집중하던 카를로스가 한참 시간이 지난 후 다시 건에게 물었다.

"그런데 저 녀석 소속된 회사가 없지?"

건이 살짝 고개를 저은 후 벽에 걸린 시계를 보았다.

"곧 생길 거예요. 탐내지 마요, 카를로스."

"칫, 우리 회사로 데려오려고 했더니, 망할."

"하하하."

곧 긴 연주를 마무리한 케빈이 크게 거친 숨을 토해냈다.

헐떡거리면서도 자신의 눈치를 보는 케빈에게 웃어준 카를로스가 간이 의자를 끌어 그의 앞에 앉은 후 다리를 꼬고 팔짱을 꼈다.

잠시 케빈의 후줄근한 모습을 보던 카를로스가 몸을 앞으로 숙이며 말했다.

"그 머리. 파마를 하든 자르든 해. 수염도 콧수염만 남기고 밀던지, 아니면 다 밀던지 선택하고."

카를로스가 뒷주머니에서 지갑을 꺼내 100달러짜리 지폐 네 장을 꺼내 내밀며 말했다.

"이걸로 옷 좀 사 입고."

얼떨결에 카를로스가 내민 돈을 받아 든 케빈이 멀뚱거리며 의아한 눈으로 보자 카를로스가 일어나 그의 어깨를 두들겼다.

"함께 가자고, 친구."

케빈이 잠시 말을 잇지 못하고 카를로스를 올려 보다가 벌떡 일어나 그의 손을 덥석 잡았다.

"감사합니다! 감사합니다!"

카를로스가 자신의 손을 매만지고 있는 케빈을 보며 인상을 찌푸렸다.

"난 그쪽 인간이 아니니까 그만 놔줘. 그리고 감사는 저 친구한테 하라고."

케빈이 고개를 돌리자 가만히 서서 입꼬리를 올리고 있는 건이 보였다. 여전히 얼굴을 가리고 있었지만, 목도리로 가리고 있던 어제와 달리 입이 드러나 있어 웃고 있음을 확인할 수 있었다.

케빈이 건에게 다가가 손을 내밀었다.

"좋은 기회를 주셔서 감사합니다. 어떻게 감사를 표할지 생각이 나지 않는군요. 당신을 만난 건 정말 행운이었던 것 같습니다."

건이 그의 손을 마주 잡으며 말을 꺼내려는 순간 스튜디오의 문이 열렸다.

세 사람이 동시에 스튜디오 문 쪽을 보자 문을 열고 들어오려던 병준이 멈칫하며 어색하게 웃었다.

"아니…… 아까부터 노크했는데 답이 없어서……."

병준이 변명을 하다가 팔짱을 끼고 자신을 보고 있는 카를로스를 보고는 달려가 구십 도로 인사를 했다.

"안녕하십니까, 선생님! 이병준이라고 합니다."

카를로스가 웃으며 손을 내밀었다.

"말씀은 많이 들었습니다, 미스터 리. 저 친구의 매니저라고요? 능력 있는 매니저라고 칭찬이 자자하더군요."

병준이 쑥스러운지 연신 머리를 긁으며 굽실거렸다.

"아, 아닙니다. 하하. 별말씀을."

카를로스가 피식 웃으며 건을 돌아봤다.

"이래서 곧 생긴다고 했구먼? 하하, 케빈. 이거 내 전화번호니까 내일 다시 연락해."

카를로스가 내민 명함을 두 손으로 공손히 받아 든 케빈이 감격한 눈으로 카를로스의 전화번호가 기재된 명함을 보고 또 보았다.

실소를 지은 카를로스가 건의 어깨동무를 하며 말했다.

"그럼 우린 이야기를 좀 해야지? 스케줄 확인도 할 겸 말이야."

건이 마주 웃어준 후 병준에게 말했다.

"형, 저분 일은 맡길게요. 전화로 말씀드렸던 것 말이에요."

병준이 어서 가라는 듯 손을 휘저으며 고개를 끄덕였다.

"어, 내가 알아서 할게. 어서 가서 이야기 나눠라. 선생님, 그럼 들어가세요! 다음에 또 뵙겠습니다!"

"하하, 그래요. 잘 부탁합니다. 그럼 가자고."

건과 카를로스가 어깨동무를 한 채 밖으로 나가자 스튜디오에 두 사람만이 남았다.

아직도 감격한 표정으로 카를로스의 명함을 보고 있는 케빈에게 다가간 병준이 자신이 앞에 있음에도 알은 척도 하지 않는 케빈에게 헛기침을 했다.

"어흠……"

그제야 놀란 케빈이 병준을 보며 물었다.

"엇! 죄, 죄송합니다. 그런데 누구신지……"

병준이 웃으며 간이 의자 두 개를 마주 보게 해 둔 후 자리를 권했다. 케빈이 자리에 앉자 맞은편에 앉은 병준이 이야기를 꺼냈다.

"소속 회사가 없지요? 당신과 계약을 하려고 합니다."

생각지도 못한 제안에 어리둥절해진 케빈이 멀어지는 정신줄을 잡으려는지 몇 번 머리를 턴 후 물었다.

"너, 너무 갑작스러워서…… 회사와 계약을 한다고요?"

"네, 정식으로 뮤지션 계약을 할 생각입니다."

"아니…… 제가 연주할 때 계시지도 않았는데 뭘 보고 계약을……"

병준이 건과 카를로스가 나간 스튜디오 문을 가리키며 말했다.

"방금 나간 친구의 보증이니까요. 그거면 충분합니다."

케빈이 닫혀 있는 스튜디오 문을 한참 보며 물었다.

"도대체 그분이 누구예요? 누군데 카를로스 몬타나와 다니고, 말 한마디에 회사에서 달려와 뮤지션 계약을 해주는 겁니까?"

병준이 어이없는 표정으로 스튜디오 문을 보며 말했다.

"하아, 이놈이 또······. 지가 누군지도 말도 안 한 거였어? 에혀."

병준이 품을 뒤져 명함을 내밀며 말했다.

"우리 회사는 팡타지오입니다."

케빈이 너무 놀라 눈을 휘둥그렇게 뜨며 명함을 받아 들었다.

"예? 파, 파, 팡타지오요? 저, 정말이십니까? 그, 그, 케, 케, 케이의 소, 소속 회사 말인가요?"

병준이 피식 웃으며 고개를 끄덕인 후 닫힌 스튜디오 문을 가리켰다.

"케이, 방금 나갔잖아요."

놀란 케빈이 벌떡 일어나는 바람에 간이 의자가 큰 소리를 내며 넘어졌다.

쾅!

"뭐, 뭐, 뭐라고요! 지금 나간 게 누구라고요?"

병준이 팔짱을 끼며 웃음을 지었다.

"팡타지오의 첫 번째 천사. 케이입니다. 그리고 당신이 이 계약을 하게 되면 언젠가 케이와 함께 무대에 설 날이 올 것이고요."

"헉! 다, 당장 계약하겠습니다! 펜, 펜을 주세욧!"

"하하, 계약 사항부터 살펴봅시다. 자 우선은…… 계약 기간부터……."

"사, 사, 사인부터 하고 설명 들을게요!"

다음 날.

오랜만에 카를로스를 만나 늦게까지 호텔 라운지에서 술을 퍼마신 건이 오전 11시가 되어서야 침대에서 눈을 떴다.

"으윽, 머리야. 너무 과음했나."

침대에서 상체만 일으켜 미간을 매만진 건이 샤워를 하고 시계를 보았다.

"이크, 카를로스와 약속 시간에 늦겠다!"

재빨리 옷을 입은 건이 옆 방으로 달려가 벨을 누르자, 이미 준비를 마쳤는지 예쁜 하늘색 코트에 하얀 구두를 신은 키스카가 금방 문을 열고 방긋 웃으며 양팔을 들어 올렸다.

키스카를 들어 올려 안은 건이 검은 마스크를 꺼내 키스카의 얼굴을 가린 후 자신도 모자와 선글라스를 착용 후 호텔 카페로 향했다.

일찍 일어났는지 신문을 보며 커피를 마시던 카를로스가 자신을 찾아온 팬에게 웃으며 사인을 해주는 것을 본 건이 웃는 낯으로 다가갔다.

"카를로스. 일찍 일어나셨네요?"

카를로스가 건을 힐끔 본 후 사인을 마치고 악수를 해준 후 팬을 돌려보냈다.

팬이 멀어지는 것을 확인한 카를로스가 건의 어깨를 두드려주며 웃다가 키스카를 본 후 눈을 크게 떴다.

"키스카? 키스카 양 아닌가?"

건이 키스카를 바닥에 내려놓으며 말했다.

"네, 맞아요. 키스카. 인사해야지?"

키스카가 건에게 배운 동양식 인사로 배꼽에 손을 가지런히 대고 고개를 푹 숙이자 카를로스가 크게 웃었다.

"으하하! 귀엽구먼! 이리 와봐요, 꼬마 공주님."

카를로스가 양팔을 펼치자 머뭇거리던 키스카가 살며시 그의 품에 안겼다.

조금 어색한 표정이었지만 옆에 건이 있기에 안심하고 안기는 키스카를 따뜻하게 안아준 카를로스가 소녀를 들어 자신의 옆자리에 앉혔다.

"하하, 자, 여기 앉아요. 우리 공주님은 뭘 시켜 줄까?"

건이 맞은편 자리에 앉으며 말했다.

"키스카는 아이스크림을 좋아해요."

"응? 아침부터?"

"하하, 아침이건 밤이건 별 상관없나 봐요. 맨날 아이스크림만 찾거든요."

"허허, 아직 어려서 그런가 보네. 꼬마 공주님? 할아버지가 아이스크림 사 줄까요?"

키스카가 배시시 웃으며 고개를 끄덕이자 소녀의 볼을 꼬집어준 카를로스가 직원에게 바닐라 아이스크림을 주문했다.

돌아가는 직원을 보며 어이없는 표정을 지은 건이 물었다.

"뭐에요, 제 거는요?"

카를로스가 이마를 탁 쳤다.

"아이구, 내 정신 좀 봐. 꼬마 공주님한테 정신이 팔려 버렸군. 미안해. 하하."

건이 실소를 지은 후 직원을 불러 레모네이드를 주문하자 카를로스가 말했다.

"미안해, 실수야. 하하. 그나저나 어제 팡타지오 쪽이랑 그 녀석은 계약했나?"

"네, 계약했어요. 어제 카를로스와 술 마시고 있을 때 매니저에게 문자가 왔었거든요."

"그래? 다행이구먼. 그럼 곡은 언제 줄 건가? 그것도 회사랑이야기된 거지?"

"네, 카를로스. 미리 이야기해 뒀어요. 곡이 나오면 매니저가 직접 곡을 들고 카를로스에게 찾아갈 테니 그때 계약을 하시면 돼요."

"좋아, 뭔가 착착 진행되는 것 같아 기분이 좋구먼. 역시 큰회사랑 놀아야 해. 팡타지오는 아직 미국 뮤지션이랑 계약을 진행하고 있지 않아서 평가를 들어본 적이 없지만, 지금 보니 일 처리가 확실하군. 만약 회사를 옮길 생각이 들면 나도 연락해 봐야겠어."

"하하, 카를로스가 온다고 하면 팡타지오 왕하오 회장님이 직접 달려오실지도 모르겠네요."

"왕하오? 아, 거기 회장 이름인가 보구먼. 그래, 뭐 나야 대우받으면 좋지. 하하."

잠시 담소를 나누고 있던 두 사람의 눈에 카페 문을 열고 들어오는 케빈이 들어오자 건이 작게 웃음을 지었다.

"깔끔하네요. 후후."

카페 입구에서 안쪽을 기웃거리고 있는 케빈은 어제와 다르게 깨끗하게 감은 머리를 왁스로 깔끔하게 뒤로 넘겨 빗었고, 검은 가죽 라이더 재킷 속에 깨끗한 하얀 셔츠를 입고 검은 블랙진에 부츠를 신고 있었다.

어제만 해도 거지꼴로 다니던 사람이라고 보기 어려울 만큼 깔끔한 모습으로 바뀐 케빈을 본 카를로스가 엄지손가락과 검지를 비비며 말했다.

"역시 돈이 있어야 사람이 바뀌는 법이지. 저 친구 저렇게 보니까 꽤 잘 생겼는데?"

"하하, 그러네요."

케빈이 멀리서 두 사람을 알아보고는 황급히 뛰어와 말했다.

"제가 조금 늦었나요? 죄송합니다."

건이 자신의 자리를 내어주고 안쪽 자리로 옮기며 말했다.

"아니에요, 아직 안 늦었어요. 우리가 일찍 온 겁니다."

케빈이 자리에 앉으며 슬쩍 건을 보며 조심스럽게 말했다.

"저…… 어제 매니저님을 통해 들었습니다만…… 정말 케이인가요?"

건이 피식 웃으며 선글라스를 벗자 케빈이 감격한 눈으로 말했다.

"오오! 정말이군요! 이거 정말 영광입니다."

케빈이 습관인지 건의 손을 덥석 잡으며 외치자 건이 손을 뒤로 빼며 말했다.

"하하, 손은 잡지 말고 이야기하자고요."

"아, 예! 죄, 죄송합니다. 버릇이라."

"괜찮아요, 하하. 키스카, 인사해. 이쪽은 케빈이야. 우리 어제 봤잖아."

키스카가 눈을 동그랗게 뜨고 케빈을 훑어보다가 모르겠다는 듯 고개를 갸웃하자 건이 웃었다.

"어제 공원 앞에서 기타 치던 사람 말이야. 그 사람이 이분이야."

키스카의 눈이 커지며 케빈을 위아래로 보자 그가 얼빠진 표정으로 마스크로 얼굴을 가린 키스카를 가리키며 물었다.

"키…… 키스카라면…… 서, 설마 키스카 미오치치 양을 말하는 건가요? 어린 천재 키스카 미오치치요?"

키스카가 볼을 부풀리며 자신에게 삿대질을 하고 있는 케빈의 손가락을 탁 쳤다.

케빈이 놀라며 손을 뒤로 빼자 건이 웃으며 말했다.

"하하, 맞아요. 키스카, 그러면 안 돼."

키스카가 볼에 바람을 넣고 불만스러운 표정으로 자신에게 마주 삿대질을 하고 있는 것을 본 케빈이 미안한 얼굴로 말했다.

"미, 미안해요. 키스카 양. 삿대질을 하려는 의도는 아니었어요."

키스카가 팔짱을 끼고 불만스러운 표정을 했지만 직원이 가져온 바닐라 아이스크림을 보고는 바로 기분이 풀렸는지 스푼을 들어 아이크림을 퍼 먹기 시작했다.

그 모습을 멍하게 보고 있던 케빈이 중얼거렸다.

"세상에…… 내 앞에서 키스카 미오치치가 아이스크림을 먹고 있다니……."

중얼거리는 케빈의 목소리를 들은 건이 실소를 지은 후 말했다.

"자, 그럼 일 이야기를 해볼까요?"

카를로스가 아이스크림을 먹고 있는 키스카의 머리를 쓰다듬어 주며 말했다.

"일 이야기는 어제 다 했는데, 뭐. 그냥 언제 살던 집 빼고 멕시코로 떠날 건지 결정만 하면 돼."

두 사람이 자신을 쳐다보자 케빈이 고개를 숙였다. 잠시 침묵하던 케빈이 이내 결심했는지 고개를 들고 말했다.

"두 분께 미리 밝혀야 할 문제가 있습니다."

결연한 표정으로 말하는 케빈을 본 카를로스가 팔짱을 끼며 몸을 소파에 눕혔다.

"뭐? 네 아버지가 대통령이라는 것 말이야?"

"헉! 어, 어떻게!"

너무 놀란 나머지 자리에서 벌떡 일어나 테이블을 치는 케빈 덕에 먹던 아이스크림 컵이 넘어질 뻔한 키스카가 다시 볼을 부풀리며 케빈을 보았지만 케빈은 키스카에게 시선도 주지 않고 말했다.

"어떻게 아신 겁니까? 제 친구들도 모르는 사실인데요."

건이 차분한 말투로 말했다.

"일단 앉으세요. 다른 분들께 방해가 됩니다."

건의 말을 듣고 소파 끝에 겨우 궁둥이를 붙이고 앉은 케빈이 다시 물었다.

"말씀해 주세요. 설마 저를 선택한 것에 아버지의 영향이 있었던 겁니까?"

건이 그의 눈을 똑바로 보며 말했다.

"먼저 해럴드 윈스턴 대통령과 제가 친분이 있다는 것은 알고 계시죠?"

케빈이 잠시 생각을 해보다가 고개를 끄덕였다.

"아버지가 네팔에 가셨을 때 만난 것으로 알고 있습니다."

"네, 맞아요. 정확하고 솔직하게 말할게요. 당신을 만나러 온 것은 당신 아버지의 부탁이었어요. 하지만 당신을 선택한 것은 나 스스로의 선택이었습니다. 선택의 기준은 당신 아버지의 영향력이 아니라 내 눈으로 본 당신의 실력이었고요."

건의 의중을 파악하려는 듯 뚫어지게 자신을 보고 있는 케빈을 본 건이 살짝 웃으며 말했다.

"실력이 없었다면 대충 학생 밴드 중 실력 있는 멤버를 소개해 주고 말았을 겁니다. 당신 앞에서 당신을 멤버로 받아들이려 하는 분이 누군지 잘 아시잖아요?"

케빈이 고개를 돌려 진중한 표정으로 자신을 보고 있는 카를로스와 눈을 마주치자, 그가 천천히 고개를 끄덕였다.

"실력 없는 놈이라면 미국 대통령이 아니라 그 할애비가 와도 안 받아줘."

카를로스의 직설적인 말에 실소를 지은 건이 말을 보탰다.

"팡타지오와 계약한 것. 그리고 몬타나라는 대형 밴드에 추천한 것은 오로지 당신의 실력을 보고 결정한 나의 판단입니다. 되었나요?"

확신에 찬 말투를 들은 케빈이 미안한 표정을 지었다.

"예. 되었습니다. 오해해서 미안합니다, 케이."

건이 웃으며 케빈의 등을 두들겼다.

"아니에요, 충분히 오해할 수 있죠. 괜찮습니다."

대화를 듣고 있던 카를로스가 눈썹을 꿈틀대며 말했다.

"듣다 보니 내가 오글거려서 말이야. 두 사람 나이도 비슷한데 말 좀 편하게 하지그래?"

케빈이 놀라며 손사래를 쳤다.

"아, 아닙니다! 제 주제에 감히 어떻게!"

거절하는 케빈과 다르게 싱긋 웃은 건이 손을 내밀었다.

"그냥 친구 하자. 케빈."

건이 내민 손을 보며 입을 떡 벌리고 있던 케빈이 머뭇거리며 손을 맞잡았다.

"그, 그, 그래도 될까요? 아, 아니 될까?"

"그럼. 나중에 시즈카도 소개해 줄게."

"시, 시즈카 미야와키 마, 말이지? 그, 그래 그건 꼭 부탁해."

"하하, 나보다 시즈카를 더 좋아하네."

"하하하……. 나도 남자거든."

"알았어, 꼭 소개해 줄게."

친구가 되는 두 사람을 지켜보던 카를로스가 분위기를 환기시키며 말했다.

"좋아. 그럼 관계도 정리되었으니 일정이나 짜보자고."

건이 아니라는 듯 손을 저었다.

"어제 회사랑 계약되어서 집 계약 문제 해결하는 건 회사에서 알아서 할 거예요. 그냥 케빈을 데리고 떠나시면 끝나는 일이에요. 케빈 짐 쌀 시간만 주시면 될 걸요?"

카를로스가 반색하며 웃었다.

"오. 그래? 보면 볼수록 그 회사 참 마음에 드는군. 좋아, 그럼 내일 바로 출발하자고. 밴드 멤버 놈들이 베이스 기타리스트 뽑았다니까 목이 빠져라 기다리고 있다더군. 내일까지 짐 싸, 케빈."

"아…… 예, 뭐. 어차피 짐이 많지 않아서 금방 가능합니다."

"그래, 그럼 케이. 곡 작업은 언제 되겠어?"

케빈이 카를로스의 말에 고개를 갸웃하며 말했다.

"곡이요? 케이가 곡 작업을 하나요?"

자칫 오해의 소지가 있을 수 있다고 생각한 카를로스가 입을 닫고 건을 보자 케빈 역시 건에게 고개를 돌렸다.

케빈을 본 건이 슬쩍 웃으며 말했다.

"친구가 된 기념이랄까? 네 데뷔곡은 내가 선물하지."

케빈이 감격한 표정을 지으며 또다시 건의 손을 잡으려 하자 건이 미리 손을 뒤로 숨기며 어색하게 웃었다.

"아아, 고마운 거 알겠으니까 손은 그만 잡으라고, 케빈."

케빈이 건의 말은 안중에도 없는지 계속 건의 손을 찾으려 더듬거리며 말했다.

"지, 진짜 고마워. 너한테 이렇게 받기만 해도 되는지 모르겠다. 나중에 내가 필요할 때 꼭 말해, 네가 우주에서 불러도 갈 테니까."

건이 장난스러운 표정으로 말했다.

"달에서 위성 공연해도 올 거냐?"

케빈이 결연한 표정으로 테이블을 쾅 쳤다.

"당연하지!"

케빈이 친 테이블 덕에 또다시 아이스크림 컵이 쓰러질 뻔한 키스카가 불만스러운 눈으로 케빈을 째려보았다.

♪♫

시애틀에서 멕시코로 출발한 케빈과 카를로스를 공항에서 배웅하고, 키스카를 데리고 곧장 워싱턴으로 날아온 건이 화이트 하우스로 향했다.

내부까지 조직원의 차를 타고 갈 수는 없었기에 입구에서 화이트 하우스 전용 차량으로 갈아탄 건이 키스카의 손을 잡고 안내를 기다리자, 곧 일전에 보았던 경호실장인 그레이엄 하워드가 다가왔다.

"케이, 며칠 만에 다시 뵙습니다."

건이 키스카의 손을 잡고 있던 오른손을 왼손으로 바꾼 후 악수를 청했다.

"하하, 미스터 하워드. 잘 계셨어요?"

그레이엄이 건의 손을 맞잡은 후 키가 작은 키스카를 보며 말했다.

"이 귀여운 소녀가 바로 키스카 미오치치 양이군요. 반갑습니다."

그레이엄은 키가 크고 덩치가 엄청났지만 매일 레드 케슬에서 그보다 더 큰 덩치들을 보고 사는 키스카는 별다른 위협을 느끼지 않는지 가만히 그를 올려다보았다.

잠시 키스카의 반응을 보던 그레이엄이 웃으며 한쪽 팔을 안쪽으로 들었다.

"저를 보고 울지 않는 아이는 오랜만이군요, 하하. 자 들어 가시죠."

그레이엄의 안내를 받아 화이트 하우스 내 대통령의 집무 실 앞에 도착하자 원형의 사무실 한쪽 구석에 앉아 있던 빨간 머리에 안경을 쓴 여성 비서가 자리에서 일어났다.

"어서 오세요. 대통령님께서 기다리고 계십니다. 죄송하지 만, 키스카 양은 여기서 저와 함께 기다리셔야겠습니다."

비서의 말에 손을 잡고 있던 키스카를 번쩍 안아 올려 소파 에 올려둔 건이 한쪽 무릎을 꿇고 소녀와 눈을 맞추었다.

"키스카. 여기서 잠시만 기다려 줄래? 나 금방 다녀올게."

낯선 공간이라 조금 경계하는 눈빛을 보이는 키스카에게 다 가온 비서가 예쁜 컵에 담아 온 바닐라 아이스크림을 내밀며 웃었다.

"아가씨. 저와 함께 있어요. 여기 우리 꼬마 공주님이 좋아 하는 바닐라 아이스크림이에요."

비서는 친절한 말투로 말하며 소파 맞은편에 앉았지만 키스 카까지 조사 대상에 올리고 소녀의 입맛까지 조사했다는 부분 이 살짝 기분 나빠진 건이 아이스크림을 밀어내며 말했다.

"괜찮아요, 키스카, 이따가 아이스크림 팩토리가서 더 맛있 는 것 먹자. 괜찮지?"

키스카가 아이스크림 컵과 건을 번갈아 보다가 이내 고개를 끄덕이자 건이 일어나며 말했다.

"아이를 잘 부탁합니다."

눈치 빠른 비서관이 재빨리 다가와 속삭였다.

"키스카 양을 조사한 것이 아닙니다. 대통령님께서 케이에게 관심이 많으셔서 주변 인물에 대해서도 궁금해하시는 것뿐이니 부디 기분 푸세요."

건이 인상을 찌푸린 채 비서관을 보다가 그녀에게는 잘못이 없다는 것을 인정하고 이내 고개를 끄덕였다.

"알겠습니다. 안내해 주시겠어요?"

건의 눈치를 보던 비서관이 그의 표정이 풀리는 것을 확인하고 인터폰으로 건의 방문을 알리자 대통령 집무실 안에서 우당탕하는 소리가 나며 다급한 발소리가 울렸다.

몇 초도 지나지 않아 집무실 문이 벌컥 열리며 만면에 웃음을 지은 헤럴드 윈스턴이 뛰어나와 건의 두 손을 잡았다.

"케이!"

건이 그가 잡은 손을 내려다보며 어색한 웃음을 흘렸다.

"케빈의 버릇이 누구에게서 왔는지 알 것 같군요. 하하."

"예? 그게 무슨……."

"하하, 아니에요. 들어가요."

헤럴드 윈스턴이 한 손으로 건의 손을 잡고 다른 손으로는 어깨동무를 한 채 집무실로 들어가 소파에 앉았다. 건이 자리에 앉자마자 헤럴드 윈스턴이 두 손을 모으며 말했다.

"세상에! 카를로스 몬타나라니! 그냥 줄리어드에 실력 있는 학생 밴드를 소개해 달라는 부탁이었는데, 너무 과한 도움이 아닌가 싶어 감사하면서도 한편으로는 미안해졌습니다."

건이 피식 웃으며 헤럴드 윈스턴을 보았다.

건이 그저 웃으며 자신을 보고만 있자 헤럴드 윈스턴이 고개를 갸웃하다가 조심스럽게 물었다.

"저…… 무슨 문제라도?"

그의 물음에도 잠시 시간을 두고 그를 보고 있던 건이 말문을 열었다.

"조금 더 아들을 제대로 보아주실 필요가 있겠네요."

"예? 그게 무슨……."

"영부인께서 음대를 나오셨다고 했죠? 그런데 다른 말씀이 없었나요? 케빈에 대해서 말이에요."

헤럴드 윈스턴이 곰곰이 생각해 본 후 말했다.

"글쎄요, 음악적으로 재능이 있다는 말과 학교에서도 수업에 곧잘 따라가는 아이라는 것 외에 음악에 대한 것은 없군요. 실은 그 녀석이 하이 스쿨 시절에 사고를 좀 치고 다녀서 수습하고 다니느라 정신이 없었거든요."

건이 눈을 동그랗게 뜨고 물었다.

"사고요? 무슨 사고요?"

헤럴드 윈스턴이 한숨을 쉬며 말했다.

"휴, 이런 말씀을 드리기는 뭐 하지만, 그 녀석은 제가 대통령이라는 것을 싫어합니다. 실은 상원 의원 시절에도 정치한다는 것 자체를 싫어했었죠. 대통령이 되고 나서는 그 정도가 더 심해졌습니다."

"왜 그렇죠? 아버지가 미국 대통령이라는 것은 자식에게 자랑일 것 같은데."

"음…… 그 녀석은 내 지위 때문에 자신에게 접근한 친구에게 마음을 열었다가 상처를 받은 적이 있거든요."

"예?"

헤럴드 윈스턴이 자리에서 일어나 집무실 책상 위에 있는 인터폰을 들었다.

"여기 커피 두 잔만 부탁해요."

인터폰을 내려놓은 헤럴드 윈스턴이 집무실 책상에 엉덩이를 걸치고 팔짱을 꼈다.

"그 녀석이 미들 스쿨 시절에 자신을 따르는 친구들 때문에 학교에서 대장 노릇을 좀 했나 봅니다. 싸움도 안 했기에 자신에게는 아이들을 이끄는 미지의 힘이 있다고 믿었나 봐요. 어느 날 학교 뒤에서 친구들이 하는 이야기를 듣고 상처를 받았다고 하더라고요. 물론 아이 엄마에게 들은 이야기라 어떤 이야기를 했는지 정확하지는 않지만 뻔하지 않습니까, 그 아이들의 부모가 케빈과 친하게 지내라고 시켰겠죠."

건이 진중한 표정으로 고개를 끄덕였다.

"음…… 그렇군요. 드라마에서나 나오는 이야기인 줄 알았는데, 실제 그런 일을 당했다면 어린 마음에 상처가 컸겠어요."

금방 커피를 가져온 비서가 소파로 와 테이블 위에 커피 두 잔을 올려둔 후 진지한 분위기를 느끼고 살짝 눈치를 보았다.

키스카의 조사 문제에 관한 언급을 했는지를 살피는 것 같아 보이는 비서를 본 건이 살짝 웃으며 고개를 저어 보이자 고맙다는 듯 윙크를 한 비서가 집무실을 나섰다.

그녀의 뒷모습을 보던 헤럴드 윈스턴이 문이 닫히는 것을 확인한 후 말했다.

"그 녀석 만날 때 좀 이상한 점 없었습니까?"

건이 잠시 생각을 해본 후 말했다.

"글쎄요. 아버지가 대통령이라는 것을 제가 미리 알고 있다는 것을 듣고 좀 놀라는 것 같긴 했지만 별다른 특이점은 없었어요."

"휴, 잘 생각해 보세요. 그 녀석은 현 미국 대통령의 직계 가족입니다. 그런데 경호원으로 보이는 사람을 본 적 있나요? 대통령 직계 가족은 모두 경호원의 보호를 받게 되는데 말이죠."

"아…… 그러고 보니 그러네요."

헤럴드 윈스턴이 머리가 아픈지 머리 손을 올리며 말했다.

"경호원이 근처에만 와도 기타를 휘두르는 녀석입니다. 차에 숨어서 봐도 귀신같이 알아채죠. 처음에는 멀리서라도 경호를 하다가 어떻게 알고 오는지 차에 바위를 들어 던지는 것을 본 후로는 경호원을 빼버렸습니다. 그만큼 정치에 대한 혐오감이 큰 녀석이죠."

 "뭔가 계기라도 있었나요?"

 헤럴드 윈스턴이 팔짱을 끼고 고개를 약간 숙였다.

 "아마도 제 탓일 겁니다."

 건이 의아한 눈으로 그를 보자 헤럴드 윈스턴이 말을 이었다.

 "정치하는 이는 시간이 없죠. 그래서 가족을 돌볼 수 있는 시간이 남보다 적을 수밖에 없습니다. 하지만 최선을 다하려고 노력했습니다. 그런데 그 녀석이 친구들의 말을 훔쳐 들었을 때 철없는 아이들의 말이 마치 진실인 양 마음속에 박혀 버린 것 같더군요."

♪♪♩

 헤럴드 윈스턴 대통령 취임 7년 전. 워싱턴 주 알렉산드리아 시티 퍼블릭 스쿨즈 내의 헤오르헤 워싱턴 미들 스쿨.

 학교 수업의 끝을 알리는 종소리가 울리자 학교 문이 활짝 열리며 아직 앳된 학생들이 신난 표정으로 학교 밖으로 우르르 뛰어나왔다. 한 무더기의 학생들이 나오고 나자 삼삼오오 모여 여유로운 걸음으로 나오던 학생들이 나왔다.

잠시 후 하교하는 학생 무리들이 모두 빠져나왔는지 한적해진 학교 입구에서 무엇 때문인지 조금 늦게 혼자 걸어 나온 아직 어린 케빈이 빨간색 백팩을 메고 주위를 두리번거렸다.

"뭐야, 애들 다 가버린 건가?"

실망한 표정을 짓던 케빈이 발로 애꿎은 흙 바닥을 차다가 친구들과 항상 모여 놀던 학교 뒤 주차장으로 향했다.

학교 벽을 돌아 주차장으로 가는 좁은 지름길을 지나던 케빈의 귀로 주차장에서 대화를 나누던 친구들의 목소리가 들리자 그의 표정이 밝아졌다.

조금 걸음을 빨리 걸어 골목길을 빠져나오려던 케빈의 발걸음이 친구들의 대화 소리에 멈추어졌다.

"에이씨, 오늘 집에 가서 새로 배송 온 플레이스테이션 게임 하려고 했는데! 케빈 이 자식은 왜 안 나오는 거야?"

"아서라. 괜히 먼저 집에 가서 걔 삐치면 부모님한테 혼나느라 게임은커녕 저녁도 못 얻어먹는다."

"퉷! 망할!"

"스튜어트, 너희 아버지 이번에 하원 의원 되셨다며? 축하해."

"축하는 무슨. 그래 봐야 케빈 아버지 들러리나 하는 거지."

"하하, 할 수 없잖아."

친구들의 대화 소리에 살며시 벽에서 고개를 살짝 내민 케빈의 눈에 주차장 바닥에 쪼그리고 앉아 몰래 담배를 피우며 대화하는 세 명의 남자아이가 보였다.

숨소리를 죽인 케빈이 친구들의 대화에 귀를 기울였다.

담배를 깊게 한 모금 피운 후 옆에 있는 친구에게 넘겨 준 금발 머리 남자아이가 말했다.

"나 지난번에 케빈이랑 싸우고 그다음 날 찾아가서 사과한 것 기억나? 나 그날 집에서 쫓겨날 뻔했어. 젠장."

담배를 받아 든 갈색 머리에 안경을 쓴 남자아이가 담배를 입에 물고 피어오르는 연기가 눈에 들어갔는지 눈물을 찔끔 흘리며 눈을 비볐다.

"왜? 부모님이 어떻게 아셨는데? 설마 케빈 엄마가 뭐라고 했어?"

"아니, 걔네 엄마는 그런 타입 아니야. 맨날 쫓아다니는 놈들 있잖아, 경호원 놈들 말이야. 그놈들이 아버지한테 보고한 것 같아. 물론 우리 아버지가 부탁해서 내 행동을 보고 받는 것이지만."

"하하, 그래서? 얼마나 혼났는데?"

금발 머리 남자아이가 짜증 난다는 듯 침을 뱉었다.

"아버지한테는 진짜 맞기 직전까지 혼났지. 내가 정치를 하는 것도 아닌데 왜 나까지 남의 눈치를 봐야 하냐고 대들었거든. 아버지가 화 나서 나가 버리고 나서 엄마가 와서 말씀하시더라고."

"뭐라고?"

"케빈 그 녀석의 가족은 아버지의 들러리라고 말이야. 정치계에서 인정받기 위해 단란한 가족을 꾸리고 있다고 광고하기 위한 액세서리라고. 불쌍한 아이랑 싸우지 말라고 하더라. 그래서 짜증은 났지만 불쌍한 놈 적선한다는 생각으로 사과했더니 금방 실실거리더라고. 단순한 자식."

"크하하, 웃기다. 그런데 우리 엄마도 비슷한 소리 하더라."

"휴, 몰라, 젠장. 정치인 자식으로 태어나서 불편한 것투성이야."

"크크, 그래도 인마, 우리 아버지 재산은 다 우리 것이잖아. 좀 참아."

"그래야지. 아씨! 근데 케빈 이 망할 자식은 왜 안 나오는 건데!"

좁은 골목길에 숨어 친구들의 말을 듣고 있던 케빈이 조금씩 뒤로 물러났다. 꼭 쥔 주먹을 부들부들 떨던 케빈이 천천히 뒤로 돌아 홀로 골목길을 돌아온 길로 빠져나갔다.

그리고 케빈의 친구들은 다시는 케빈을 보지 못했다.

◈ 2장 ◈
Fury(1)

　헤럴드 윈스턴과의 면담을 마친 건이 맨하탄으로 돌아와 레드 케슬에 도착했다.

　며칠간 집을 떠나 있었던 키스카가 그레고리와의 시간을 보내고 있을 때 일본에서 시애틀을 거쳐 레드 케슬로 돌아온 병준은 건보다 하루 먼저 돌아와 밀린 업무를 본 후에야 집으로 돌아올 수 있었다.

　별채에서 책을 보고 있던 건이 별채 문을 열며 얼어 있는 손을 비비는 병준을 보며 책을 내려놓고 웃었다.

　"형 오셨어요? 수고 많으셨어요."

　병준이 점퍼를 벗어 아무렇게나 던진 후 소파에 털썩 주저앉았다.

"에혀, 힘들다, 힘들어. 며칠 사이에 비행시간만 40시간이 넘네."

건이 수고했다는 듯 그의 어깨를 두드려주며 말했다.

"시즈카는요?"

"걔는 일본에서 바로 맨하탄으로 왔어. 나만 네 연락 받고 시애틀에 들러서 케빈과 계약을 하고 온 거고."

"그렇구나. 그런데 지금은 어디 다녀오셨어요?"

"어, 카를로스가 너 작업하라고 링컨 센터 지하에 있는 스튜디오를 빌렸어. 그거 확인하고 왔지."

"아, 벌써요? 그렇구나……. 그런데 거기 엄청 비싸지 않아요?"

"비싸지. 그런데 카를로스 입장에서도 자기 음악이 될 곡이니까 신경이 좀 쓰이나 봐. 앞으로 일주일간 빌려뒀으니까 잘 만들어주라고. 그래야 비싸게 팔지."

"하하, 돈 받으시려고요?"

"당연한 거 아니냐? 팡타지오는 자선 단체가 아니라고."

"카를로스 말로는 곡비를 주는 게 아니라 R/S를 주려고 하던데."

"그래? 그럼 더 좋지. 어차피 네 곡은 무조건 뜰 텐데 러닝으로 받는 게 훨씬 나아. 그럼 그 방향으로도 계약서 하나 더 만들어야겠다. 곡은 어때? 구상이라도 해뒀어?"

건이 소파에 앉아 팔짱을 끼고 살짝 고개를 저었다.

그를 본 병준이 입맛을 다시며 말했다.

"스튜디오 대여 시간은 일주일이야. 내일부터고. 그 안에만 만들어보자. 어차피 녹음하는 건 아니잖아. 가이드 뜨는 수준의 녹음이니까 작업 완료만 잘 시키라고."

건이 고민스러운 표정을 짓자 병준이 물었다.

"왜? 무슨 문제라도 있어? 너답지 않게 곡 만드는 걸로 고심하고 그래?"

건이 실소를 지으며 병준의 팔을 툭 쳤다.

"형도 참. 곡 만드는데 고민 안 하는 뮤지션이 어디 있어요? 저도 엄청 고민하고 고심에 고심을 거듭해서 곡을 만든다고요."

병준이 손가락으로 건의 이마를 튕기며 말했다.

"그건 네 생각이고. 어떤 뮤지션은 곡 하나 만드는 데 일 년 넘게 걸리기도 해. 너 정도면 뚝딱 하면 뚝딱 나오는 수준인 거야. 그런데 너답지 않게 고민하는 것 같아서 물어본 거고. 무슨 문제가 있어?"

건이 헤럴드 윈스턴에게 들은 케빈의 과거에 대해 설명해 주자 심각한 표정으로 듣고 있던 병준이 고개를 끄덕였다.

"충분히 사춘기 아이에게 상처가 될 만한 일이네. 누구에게나 가장 중요한 순간은 있으니까."

건이 마주 고개를 끄덕이며 심각한 표정으로 말했다.

"사춘기를 말하는 말 중에 '영혼이 만들어지는 시기'라는 말이 있어요. 그 시기는 인간 인격 형성이 결정되는 시기이기도 하지요. 사이코패스 살인마들이 처음 그 징조를 보이는 시기이기도 하고요."

병준이 눈썹을 꿈틀대며 물었다.

"사이코패스? 그런 무서운 소리가 여기서 왜 나와?"

건이 진중한 표정으로 말했다.

"특히 새들에게 이런 현상이 일어나는데 그들은 태어나자마자 눈앞에 있는 생명체를 엄마라고 인식해요. 죽을 때까지 그 생각이 변하지 않죠. 그들에게 가장 중요한 시기는 태어나서 눈을 뜨는 그 순간이에요. 그때 머릿속에 들어온 정보를 진실로 믿거든요."

병준이 고개를 끄덕이며 동조했다.

"음. 나도 들어본 적 있는 것 같다. 새끼 오리가 눈을 뜰 때 앞에 있으면 엄마라고 생각하고 사람 뒤를 졸졸 쫓아다닌다는 이야기 말이야."

"맞아요, 형. 내가 성장하거나 완성되는 시기는 모두가 달라요. 새의 경우 눈을 뜨는 순간이 가장 결정적인 시기라면 인간은 사춘기 시절이 가장 결정적인 시기이죠. 우리는 사이코패스를 흔히 괴물이라고 불러요. 이들은 사춘기 시절에 어떤 결정적 사건을 겪게 되는 것이 보통이죠, 물론 예외도 있지만요."

"음, 드라마 같은 데서 본 것 같다."

"네, 사이코패스는 스스로 괴물이 되기도 하고, 주위 사람들이 자신을 괴물로 보기 때문에 괴물로 변하는 사람도 있죠. 하여튼 이 시기의 사람은 주위의 정보에 대해 옳고 그름을 판단하지 못한 채 뇌에 그대로 박혀 버리는 경우가 있어요. 케빈의 경우에는 아버지에 대한 생각이 그렇게 박혀 버린 것이죠."

병준이 입술을 삐죽 내밀며 말했다.

"그런데 그게 왜? 네가 음악을 만드는 것과 무슨 관계야?"

건이 책 사이에 끼워둔 오선지 종이를 꺼내 들었다. 오선지에는 단지 다섯 개의 줄 외에는 아무것도 그려져 있지 않았다.

"시즈카가 만든 음악을 들었을 때 나는 그곳에 그녀의 인생과 당시의 생각이 담겨 있다는 것을 알았어요. 그랬기에 많은 대중이 그녀의 연주를 듣고 마음을 움직인 것이죠. 그것은 그 음악에 그녀의 진심이 담겨 있었기 때문이에요. 케빈 역시 그의 진심을 담아 연주를 할 때 빛이 날 거라고 생각해요."

병준이 어깨를 으쓱했다.

"그럼 두 가지네. 아버지를 미워하거나 정치를 싫어하는 느낌의 곡이거나, 혹은 아버지를 용서하고 다시 사랑하는 곡이 되어야겠지. 네 성향상 후자가 될 가능성이 크고 말이야."

건이 병준의 말을 듣고 쓴웃음을 지은 후 손가락 두 개를 펴 보였다.

"형이 말한 후자의 곡에는 또 두 가지의 문제가 있어요."

"엉? 뭔데?"

건이 손을 든 채 한숨을 내 쉬었다.

"첫 번째 문제. 케빈은 자신의 아버지가 나를 보냈다는 것을 이미 알고 있어요. 제가 준 곡이 아버지를 용서하라는 느낌이 거나, 가족을 사랑하라는 느낌의 곡이라면 그는 내가 자신과 아버지의 억지 화해를 위해 곡을 준 것이라고 생각할 거예요."

건이 잠시 숨을 고른 후 다시 말을 뱉었다.

"아마도 그는 내가 준 곡이기에 그냥 연주하게 되겠죠. 하지 만 그 음악에 절대 진심이 담길 리 없어요. 카를로스 같은 프 로가 그것을 눈치채지 못할 리 없고요. 그렇게 되면 카를로스 가 케빈을 쓸 이유가 사라지게 되겠죠. 단지 테크니션이라면 발에 채도록 많으니까요."

병준이 진지한 표정으로 수긍했다.

"으음…… 일리 있는 이야기다. 그럼 두 번째는?"

건이 어색하게 웃으며 손가락을 내렸다. 잠시 창밖의 햇살 에 눈을 둔 건이 나직하게 말했다.

"아버지에 대한 사랑, 용서에 대해 노래하는 것. 지금의 저에 게 가능한 일이라고 생각해요, 형?"

병준이 살짝 놀란 표정을 지었다가 미안한 표정으로 바뀌며 건의 눈치를 보았다.

"아…… 흠, 그래."

건의 표정이 조금 슬프게 바뀌는 것을 본 병준이 기지개를 켜며 딴청을 피웠다.

"아, 날씨 좋다! 어디 외출이라도 할까 우리?"

건이 황당한 얼굴로 말했다.

"춥다면서요, 어딜 가게요?"

병준이 당황하며 눈을 둘 곳을 못 찾다가 소파에서 일어나 샤워실로 향했다.

"아, 그, 그래. 밖이 좀 춥긴 하지. 나, 난 뜨거운 물로 샤워나 해야겠다."

건이 도망치듯 샤워실로 가는 병준에게 웃는 얼굴로 말했다.

"후후, 형. 그럼 저 스튜디오 좀 돌아보러 다녀올게요."

샤워실로 향하던 병준이 뒤를 보며 말했다.

"어? 스튜디오 빌린 건 내일부터야. 지금 가도 못 써."

"아, 그냥 시설 좀 돌아볼 겸 바람 쐬고 오려고요. 오늘 집에서 안 나갔거든요."

"어…… 같이 갈까?"

"아니요, 좀 있다가 키스카 오면 형이 좀 돌봐주세요."

"그래, 알았다. 다녀와라. 무슨 일 있으면 꼭 전화하고. 아참! 시즈카가 오늘 학교에 일 있다고 들른다던데. 얼굴이나 보던지."

"아, 그래요? 알았어요."

병준이 샤워실로 들어가자 옷을 입고 나온 건이 별채 밖으로 나왔다.

경계 인력들을 점검하고 있던 미로슬라브가 건이 옷을 차려입고 나오는 것을 보고는 달려와 물었다.

"어디 외출하십니까?"

건이 접힌 옷깃을 바로 펼치며 웃었다.

"네, 링컨 센터에 좀 다녀올게요."

"바로 차를 대기시키겠습니다."

"네, 부탁드려요."

미로슬라브가 내어준 차에 탄 건이 레드 케슬을 빠져나가자 뒤따라 경호인력이 탄 차 두 대가 붙었다.

차 안에서 밖을 보던 건이 전화를 들어 어디론가 전화를 걸었다.

수신호가 한 번 울리자마자 통화 수신음이 울리고 반가움이 가득 담긴 목소리가 흘러나왔다.

"여보세요! 케이!"

"웅, 시즈카. 잘 다녀왔어?"

"네! 잘 다녀왔어요. 어디에요?"

"웅, 나 일 있어서 링컨 센터로 가. 학교에 갔다며?"

"아, 네! 매니저님이 말해주셨군요?"

"응, 아직 학교야?"

"네! 학기 마지막 며칠 빠진 것에 대해서 수업 인정을 받으려고 교수님을 뵈러 왔었어요."

"응, 일 다 봤어?"

"네! 다 봤어요!"

"응, 그럼 밥이나 같이 먹자. 나 일 보고 전화할게."

"저, 저기! 혹시 그 일이란 것이 다른 사람을 만나는 일인가요?"

"아니, 왜?"

"그, 그럼 저도 같이 갈게요. 어, 어차피 할 일도 없어요."

"하하, 알았어. 그럼 10분 후에 링컨 센터 지하 1층에서 봐."

"헤헤! 알았어요!"

건이 시즈카가 전화를 먼저 끊기를 기다리고 있자 이미 전화가 끊긴 줄 알았는지 시즈카의 외침 소리가 들렸다.

"오예! 데이트다!"

수화기 너머로 들리는 시즈카의 목소리를 들은 건이 피식 웃었다.

잠시 더 기다렸지만, 전화기를 주머니에 넣어 버렸는지 부스럭거리는 소리만 들리는 것을 듣고 있던 건이 통화 종료를 누르고 차 소파에 편안히 기대어 창밖을 보았다.

약 십여 분이 지나고 링컨 센터 앞에 도착한 조직원들이 우르르 내려 뒷문을 열어주자 건이 내리며 말했다.

"고맙습니다. 링컨 센터는 일반인들의 문화 공간이라 여러 분이 들어오시면 영업에 방해가 될 거예요. 미안하지만 근처에서 좀 기다려 주실래요?"

조직원들이 살짝 고개를 숙여 보인 후 다시 차에 올라타 이동하기 시작했다.

건의 눈에 띄지 않겠지만, 여전히 가까운 곳에서 자신을 경호할 것이란 것을 아는 건이 목도리로 눈 아래까지를 가린 후 링컨 센터로 들어갔다.

평일임에도 많은 사람이 전시를 보기 위해 링컨 센터를 방문했는지 1층 로비는 관람객들로 가득했다.

문을 열자마자 지하로 향하는 계단으로 걸어간 건이 계단을 내려가자 지하 스튜디오 앞을 지키고 있던 경비 요원이 손을 들며 출입을 제지했다.

"죄송합니다, 이곳은 뮤직 스튜디오가 있는 곳이라 일반인 관람객들의 출입이 제한되어 있습니다."

건이 아직 시즈카가 도착하지 않은 것을 확인한 후 눈웃음을 지으며 말했다.

"아, 내일부터 이곳을 대여하기로 예약이 되어 있는데 미리 시설을 좀 둘러보고 싶어서요."

"아, 그러십니까? 그럼 확인을 해야 하니 ID 카드를 좀 보여주······!"

건이 짙은 눈웃음을 지은 후 목도리를 내리자 경비 요원이 눈을 크게 뜨며 입을 막았다.

말을 하지 못하는 경비 요원에게 웃어준 건이 말했다.

"이제 들어가도 되죠?"

경비 요원이 당황하며 얼른 옆으로 비켜섰다.

"무, 물론입니다! 드, 들어가세요."

"하하, 고맙습니다. 조금 있다가 시즈카도 올 텐데, 저와 약속이 되어 있으니 들여보내 주시겠어요?"

경비 요원이 크게 놀라며 말했다.

"시, 시즈카 미야와키 양 마, 말입니까? 그, 그럼요! 제, 제가 책임지고 입장시켜 드리겠습니다!"

"감사합니다."

건이 경비 요원을 지나 한적한 스튜디오의 복도를 뚜벅뚜벅 홀로 걸어갔다. 아무도 없는 스튜디오 C의 문에 난 창문으로 안쪽을 확인한 건이 문을 열고 안으로 들어갔다.

녹음실이 따로 있는 스튜디오의 사무실에는 녹음실이 보이는 창문이 있었고, 창문 앞에 각종 컴퓨터 장비들이 널려 있었다.

녹음실 안쪽으로는 드럼과 키보드, 앰프가 놓여 있었고, 옅은 갈색의 고급스러운 인테리어는 링컨 센터의 값비싼 대여 스튜디오임을 알려주는 듯했다.

혼자 작업하기에는 넓어 보이는 컨트롤 박스의 테이블을 쓸어 보던 건이 PC 앞 의자에 앉아 다리를 꼬고 팔짱을 낀 뒤 생각에 잠겼다.

'가족에 대해, 혹은 아버지에 대해 아름다운 음악을 만들 수 있을까? 만들어 낸다고 해도 그 음악은 진심일까? 거짓 감정으로 노래를 만들면 사람들이 좋아해 줄까? 혹시 내가 아닌 카를로스가 연주한다면 사람들은 모르지 않을까?'

머릿속에 떠오르는 갖가지 생각 때문에 두통이 일어난 건이 머리를 부여잡고 몸을 앞으로 숙였다. 잠시 몸을 숙인 채 조용한 스튜디오에서 생각에 잠긴 건의 귀로 미세하게 문 열리는 소리가 들렸다.

고개를 번쩍 든 건의 눈에 최대한 조심스럽게 문을 열다가 건이 고개를 드는 것을 보고 놀라 굳어버린 시즈카가 들어왔다.

"아, 왔어?"

"미, 미안해요. 뭔가 사색에 잠겨 있는 것 같아서 방해하지 않으려고 했는데."

"아냐, 괜찮으니 앉아. 손에 그건 뭐야?"

건이 시즈카의 손에 든 종이봉투를 가리키자 그녀가 살포시 웃으며 종이봉투를 테이블 위에 올려두었다.

"비행기에서 매니저님께 들었어요, 케이가 로건의 빵집 아보카도 샌드위치를 좋아한다고 하더라고요. 오는 길에 잠깐 들러서 사 왔어요."

건이 반색하며 종이봉투를 뒤져 샌드위치 하나를 꺼냈다.

"고마워, 실은 배가 좀 고팠거든. 같이 먹자."

시즈카에게도 아보카도 샌드위치를 꺼내 준 건이 빵을 한입 먹은 후 물었다.

"어라, 학교에서 링컨 센터로 오는 거였지? 로건네 가게는 링컨 센터를 지나 한참 더 걸어야 하는 곳에 있는데, 설마 나 때문에 거기까지 걸어갔다가 온 거야?"

시즈카가 당황한 얼굴로 횡설수설했다.

"아, 아니, 아니요! 그냥 그 근처를 지나게 되었다가. 아, 아니, 친구가 그 근처에서 뭘 좀 전해 다, 달라고 해서요, 이, 일부러 다녀온 거 아니에요."

"음? 친구 누구? 시즈카는 안나랑 앤서니 외에는 친구 없다며."

"그, 그그, 치, 친구 있어요. 케, 케이가 모르는……."

"아, 그래? 그렇구나. 맛있네! 이거."

크게 관심을 두지 않았는지 금방 수긍하고 샌드위치를 먹는 건을 본 시즈카가 속으로 안도의 한숨을 쉬었다.

순식간에 게 눈 감추듯 샌드위치 하나를 다 먹은 건이 손을 털자 아직 반도 못 먹은 시즈카가 웃었다.

"매니저님 말이 진짜였네요. 엄청 좋아하시는구나."

건이 계면쩍게 웃으며 휴지로 입을 닦았다.

"응, 좋아해. 로건네 가게에는 빵이 오십 종류가 넘지만 난 항상 이것만 먹거든. 줄리어드 입학 전에 미국에 와서 지금까지 항상 그랬어, 하하."

시즈카가 예쁘게 웃으며 말했다.

"하나를 좋아하면 언제까지나 변하지 않는군요. 케이, 혹시 본 영화를 또 본다거나, 본 책을 또 보는 적도 있지요?"

건이 살짝 놀랐는지 눈을 동그랗게 뜨고 말했다.

"어…… 어떻게 알았어?"

"호호, 케이 같은 타입의 사람은 보통 그렇거든요. 어떤 영화나 책을 자주 읽어요?"

건이 잠시 생각해 본 후 말했다.

"음……. 좀 많은데…… 한국의 영화 중에 '살인의 추억'이라는 영화가 있는데 한…… 백 번쯤 봤을걸? 초반 러닝 타임 20분의 대사는 다 외울 정도로 봤으니까 말이야. 미국 영화 중에는 '라스베가스를 떠나며'랑 '콘스탄틴' 좋아해. 둘 다 오십 번은 봤을 거야. 아, 일본 영화도 있어. '지금 만나러 갑니다' 알지?"

시즈카가 곱게 웃으며 고개를 끄덕이자 건이 말을 이었다.

"응 그 영화는 서른 번쯤 봤을 거야. 덕분에 다케우치 유코를 좋아했지. 결혼했다는 이야기에 좌절한 적도 있어, 하하."

"그랬군요. 그런데 케이가 좋아하는 그 영화에 나오는 남자 배우가 그녀의 배우자인 것은 아세요?"

건이 놀라며 물었다.

"뭐? 정말이야?"

"네, 그 영화 출연을 계기로 결혼한 거예요. 그리고 지금은 이혼했죠."

"헉, 이혼했다고?"

"네, 호호. 소식은 좀 느리시네요. 하지만 노리지는 마세요. 아들도 있고, 꽤 나이도 있는 분이니 케이와는 어울리지 않아요."

"음⋯⋯. 그랬구나, 이혼했구나."

건이 진지한 표정을 짓자 시즈카가 얼굴을 들이밀었다.

갑자기 시즈카의 얼굴이 다가오자 놀란 건이 앉은 채 고개를 뒤로 젖혔다.

"어? 왜 그래?"

시즈카가 진지한 눈으로 손가락을 까딱거렸다.

"상상도 하지 마요. 아줌마라고요."

"어⋯⋯ 응. 알았어."

갑자기 강하게 나오는 시즈카를 놀란 눈으로 보던 건이 장난스럽게 고개를 앞으로 내밀자 순식간에 가까워진 건의 얼굴을 보고 있던 시즈카의 얼굴이 굳었다.

몸을 뒤로 뺄 생각도 못 하고 가까워진 얼굴을 보며 얼굴이 점점 빨개지는 시즈카가 눈을 모아 건의 붉은 입술을 보았다.

건은 시즈카의 눈이 모이며 사팔뜨기 같이 변하자 웃겼는지 몸을 뒤로 빼며 크게 웃었다.

"아하하하! 시즈카 얼굴 봐! 아하하하!"

몸을 뒤로 젖히고 웃어대는 건을 멍하게 보던 시즈카가 붉어진 얼굴을 매만지며 볼을 부풀렸다.

"뭐가 웃겨요! 웃지 마요!"

"아하하, 아하하하!"

시즈카가 건의 허벅지를 꼬집어 대며 눈을 흘기자 건이 엄살을 떨었다.

"아야! 아파! 아하하!"

"이씨! 웃지 말라고요!"

"아, 알았어. 푸흡! 꼬집지 마!"

건이 배를 잡고 웃다가 손으로 머리를 흐트러뜨리며 말했다.

"휴, 고민만 잔뜩 했는데, 시즈카 덕에 머리가 좀 시원해진 것 같아. 고마워."

시즈카가 입술을 삐죽 내밀며 물었다.

"무슨 고민 했는데요?"

건이 크게 숨을 내뱉으며 말했다.

"이번에 친구를 하나 사귀었어. 케빈이라는 친구인데 곧 네게도 소개해 줄게. 지금은 멕시코에 있어서 볼 수 없지만 말이야. 이 친구에게 곡을 하나 줘야 하는데 어떤 곡을 만들어야 할지 모르겠네."

시즈카는 음악 이야기가 나오자 조금 진지한 표정으로 말했다.

"케이가 곡을 주는 거예요? 어떤 뮤지션인데요?"

"몬타나의 베이시스트로 들어가기로 했어. 곡은 몬타나의 곡이 될 거고."

시즈카가 입을 가리며 놀랐다.

"세상에! 몬타나요? 친구가 그 유명한 밴드의 베이시스트라고요?"

건이 싱긋 웃으며 고개를 끄덕였다.

"응, 이번에 새로 들어가게 된 거라 시즈카는 모를 거야."

"대단한 분이네요. 나중에 꼭 소개해 주세요. 그런데 어떤 곡을 줘야 할지 모르겠다는 건 무슨 말이에요?"

건이 시즈카에게 케빈의 이야기를 들려주자 대통령의 아들이란 대목에서 다시 한번 놀란 시즈카가 이야기를 끝까지 듣고 난 후 잠시 생각에 잠겼다.

건은 시즈카 역시 고민스러운 눈을 하자 조용히 그녀와 함께 서로 다른 생각에 빠졌다. 조금 오랜 시간이 흐른 후 시즈카가 입을 열었다.

"음…… 전 케이의 고민 주제가 조금 잘못된 것 같아요."

건이 상념에서 빠져나오며 물었다.

"고민의 주제? 무슨 뜻이야?"

시즈카가 생긋 웃으며 말했다.

"어떤 곡을 만들어야 할지 모르겠다는 거요."

"음? 그게 왜?"

"어떤 곡을 만들어야 할지 모르겠다는 것은 다르게 말하면 '어떤 곡이 그의 진심을 담아낼 수 있는 음악일까'라는 질문이라고 생각해요. 맞나요?"

"응 그렇지."

"그런데 정작 케이가 하고 있는 고민은 그게 아닌 것 같은데요?"

건이 몸을 앞으로 내밀며 진지한 얼굴로 물었다.

"그럼 뭔데? 내가 하는 고민이 뭐라고 생각해?"

시즈카가 잠시 생각을 정리한 후 진중하게 말했다.

"케이가 고민하는 것은 그것이 아니에요. 어떻게 해야 그의 마음을 아름답게 표현하고, 그를 행복하게 해줄 수 있을까 하는 고민인 것 같아요."

"그게 무슨……."

시즈카가 건의 손을 잡으며 한참 눈을 마주쳤다.

혼란스러워진 건의 눈동자가 흔들리자 시즈카가 곱게 웃으며 말했다.

"케이. 음악에 실을 감정은 꼭 아름답고 행복한 것만 있는 것이 아니잖아요. 혼란도 있고 절망도 있고, 또 슬픔과 그리움도 있어요. 현세의 천사라고 불리는 케이이기에 어느 순간부터 아름답고 감동적인 음악을 만드는 것을 고집하다가, 그 생각 안에 갇혀 있는 건 아닐까요?"

건의 눈이 부릅떠졌다. 눈을 크게 뜨고 눈가를 파르르 떠는 건을 본 시즈카가 조금 더 유한 표현으로 말했다.

"이건 그냥 제 생각일 뿐이니 듣고 잊어버려도 좋아요. 현세의 천사라는 별명 안에 갇혀 있으면 케이는 영원히 그 새장 안에서 탈출할 수 없을지도 몰라요."

시즈카가 자신이 잡고 있는 건의 손이 잘게 떨리는 것을 느끼고 조금 머뭇거리며 말했다.

"제, 제 말이 너무 심했나요? 미안해요, 그저 케이에게 도움만 받아서 이번에는 도움을 주고 싶었을 뿐인데…… 미, 미안해요, 케이."

시즈카가 사과를 건넸지만, 말을 하지 못하고 몸을 잘게 떨며 초점 잃은 눈을 크게 뜨고 있는 건이었다.

건의 반응이 이상하다는 것을 느낀 시즈카가 불안한 마음에 안절부절못하며, 계속 말을 붙였다.

"저, 저는 케이의 데뷔 시절부터 팬이었어요. 어느 순간부터 아름다운 음악만 고집하고 있는 것이 어떤 고정관념에 가, 갇혀 있는 것 같다는 느낌을 말한 것뿐이에요. 그, 그렇게 동요하지 마세요. 그, 그냥 무시해 주세요."

건의 반응이 없자 시즈카의 눈동자가 떨리며 눈가에 눈물이 고이기 시작했다.

불안한 눈으로 건을 살펴보던 시즈카가 눈물을 떨구기 직전 건이 자리에서 벌떡 일어났다.

"그래! 그거였어! 내 고민은 시작부터 잘못된 거야! 케빈의 문제가 아니라 내 문제였다고! 하하하하!"

놀란 시즈카가 고개를 들다가 눈에 고인 눈물이 볼을 타고 흘러내렸다. 기쁜 표정을 지으며 양팔을 들고 있던 건이 시즈카를 내려다보며 외쳤다.

"시즈카! 고마워, 네 덕이야! 이제 길이 보이는 것 같아! 어⋯⋯? 왜 울고 있어?"

건이 시즈카의 눈물을 보고 자기도 모르게 그녀의 볼에 흐르는 눈물을 손으로 닦아주었다.

"왜 그래, 시즈카? 왜 울어, 내가 뭐 잘못했어?"

시즈카가 눈물을 주체할 수 없는지 눈에서 폭포수 같은 눈물을 흘리면서도 웃음을 지었다.

　"아니에요, 아니에요. 괜찮아요. 아무것도 아니에요."

　말로는 아니라고 하지만 눈물이 계속 흐르는 것이 멈춰지지 않는지 손으로 연신 흘러내리는 눈물을 닦는 시즈카를 보던 건이 옆에 놓인 티슈를 뽑아 내밀었다.

　"어…… 이거 써."

　"고마워요, 케이."

　어색한 표정으로 아직 눈물을 멈추지 못하고 있는 시즈카를 보던 건이 어쩔 줄 몰라 하다가 시즈카에게 다가가 살짝 안아주었다.

　"뭔지 모르지만 울려서 미안해. 난 그저 고마웠던 거였는데……."

　건의 품에 안기자 더 많은 눈물을 흘리는 시즈카였다.

　"아니에요, 정말 괜찮아요. 케이에게 도움이 되어서 기쁜걸요."

　건이 몸을 들썩거리며 눈물을 참고 있는 시즈카의 등을 두드려 주었다.

　"이제 그만 뚝 하자. 둘 다 기쁜데 왜 울고 그래."

　"네, 훌쩍."

　시즈카를 안고 있는 건의 눈이 벽에 걸린 달력으로 향했다.

　'앞으로 일주일. 좋아, 케빈. 이건 널 위한 음악이 아니라, 날

위한 음악일지도 모르겠다. 미안. 후후.'

♪♪♩

시즈카를 집에 데려다주고 늦은 밤이 되어서야 레드 케슬에 돌아온 건이 별채 문을 열자 키스카가 소파에 앉아서 건을 보고 있었다.

건이 웃으며 양팔을 벌렸다.

"키스카! 나 잠깐 학교 다녀왔어. 병준이 형이 잘 놀아줬어?"

키스카가 쪼르르 뛰어와 건에게 안기며 웃다가 갑자기 표정이 바뀌며 킁킁거리기 시작했다.

건의 옷에서 무슨 냄새라도 나는지 한참 냄새를 맡는 키스카를 보던 건이 의아하게 물었다.

"왜, 무슨 냄새 나? 이거 빨아둔 옷 입고 나간 건데."

키스카가 눈을 무섭게 뜨고 건을 노려 보더니 볼을 부풀리며 소파로 터벅터벅 걸어가 앉았다.

키스카의 반응에 자신의 옷 냄새를 맡아 보던 건이 아무 냄새도 나지 않자 고개를 갸웃거리며 소파로 다가갔다.

"왜 그래, 키스카?"

키스카가 작은 팔로 팔짱을 끼고 고개를 획 돌리는 것을 본 건이 소녀의 옆에 앉자, 작은 엉덩이를 들썩거리며 조금 옆으로 떨어진 키스카가 건과 눈을 마주치지 않고 다른 곳을 보았다.

키스카의 반응이 심상치 않은 것을 본 건이 무슨 말을 하려는 찰나 방에서 병준이 나오며 물었다.

"어, 이제 오냐? 스튜디오 이상 없지?"

건이 병준을 돌아보며 고개를 끄덕였다.

"네, 형. 별문제 없어요. 그런데 키스카 왜 이래요?"

병준이 고개를 돌리고 볼을 부풀리고 있는 키스카를 힐끔 본 후 어깨를 으쓱했다.

"몰라? 좀 전까지 나랑 그림 그리며 잘 놀았는데?"

병준이 건의 옆자리에 털썩 앉으며 뭔가 말하려고 하다가 코를 벌름거렸다.

"음? 이거 무슨 냄새야, 너 향수 쓰냐?"

건이 자신의 팔을 들어 코에 대보고는 고개를 저었다.

"향수는 무슨요. 로션 바르기도 귀찮아서 스킨로션이 합쳐진 거 바르는 거 알잖아요."

"그런데 이게 무슨 냄새야? 킁킁."

병준이 건의 팔을 들어 냄새를 맡아 보고는 힐끔 키스카를 보았다

눈썹을 꿈틀거리던 병준이 건에게 얼굴을 바싹 들이밀고

귓속말로 물었다.

"너…… 시즈카 만나서 뭐했어?"

건이 병준이 속삭이자 자신도 소리를 낮춰 말했다.

"그냥…… 스튜디오에서 이야기했는데…"

"이야기했는데 왜 네 몸에서 시즈카 향수 냄새가 나냐고!"

"헉! 그, 그런…….."

건이 키스카를 휙 돌아보자 다행히 둘의 대화를 못 들었는
지 여전히 볼을 부풀린 채 딴청을 피우는 키스카가 들어왔다.

병준이 갑자기 헛기침을 하며 건에게 마구 윙크를 날리며
말했다.

"어흠, 그, 그, 내가 주, 준 그 햐, 향수는 잘 쓰고 있냐? 허험."

건이 병준이 하는 말을 듣고 재빨리 더듬으며 맞장구를 쳤다.

"그, 그럼요. 혀, 형. 오, 오늘도 뿌리고 나갔는데요."

병준이 어색한 연기 톤으로 크게 말했다.

"옳거니! 그, 그래서 향수 내, 냄새가 나는구나!"

"어, 어, 예. 그, 그, 마, 맞아요. 형."

병준이 고개를 빼 키스카의 눈치를 보자 소녀가 가만히 팔
짱을 풀고 이쪽으로 고개를 돌리는 것이 보였다.

병준이 황급히 고개를 자라처럼 움츠리고 더 큰 소리로 말
했다.

"그, 그래! 너도 이제 유명인사인데, 햐, 향수 정도는 뿌, 뿌

리고 다녀야지! 그럼!"

"아, 아하하. 예, 예…… 고, 고마워요 형. 아주 마음에 들어요."

병준이 슬쩍 키스카에 시선을 주었다가 다시 건을 보았다.

이 쪽으로 고개를 돌린 키스카에게 보이지 않게 건의 머리 뒤에 숨은 병준이 윙크를 날렸다.

"그래, 내, 냄새가 죽이네. 키, 키스카! 이 냄새 어때? 내가 선물한 향수인데!"

건이 식은땀을 흘리며 키스카 쪽으로 고개를 돌리자 자신을 바라보고 있는 키스카의 무표정한 얼굴이 보였다.

등 뒤로 흐르는 식은땀을 느끼던 건이 머뭇거리며 팔을 내밀었다.

"키스카는 이 냄새 싫어? 벼, 병준이 형이 사 준 건데……."

한참 건을 뚫어지게 보던 키스카가 고사리 같은 손으로 건의 팔을 잡고 냄새를 킁킁 맡더니 고개를 저었다.

건이 안도의 한숨을 쉬며 팔을 내린 후 키스카의 머리를 쓰다듬어주었다.

"아, 우, 우리 키스카는 이 냄새 싫구나? 그럼 나 안 쓸게. 벼, 병준이 형! 괘, 괜찮죠?"

병준이 갑작스러운 지목에 당황했는지 화들짝 놀라며 소리쳤다.

"어! 그, 그럼! 괜찮지! 우, 우리 키스카가 싫다는데, 내가 당장 가서 버리고 올게!"

쿵쾅거리는 발소리를 내며 건의 방에 들어가 아무 화장품이나 집어 나온 병준이 키스카가 보란 듯 화장품 병을 던져대며 별채 밖으로 도망갔다.

키스카가 병준이 나간 문을 한참 보다가 건에게 고개를 돌리자 당황한 건이 소파에서 일어났다.

"어, 그…… 아이스크림이 어디 있더라……. 자, 잠깐만."

냉큼 냉장고로 뛰어가 냉동고 문을 열고 아직 아이스크림이 남아 있는 것을 본 건이 안도의 한숨을 쉰 후 컵에 아이스크림을 담았다.

건이 부스럭거리며 냉동고를 뒤지는 소리를 들은 키스카가 부엌으로 다가와 아이스크림을 보고는 기분이 풀렸는지 웃으며 손뼉을 쳤다.

키스카의 표정을 살핀 건이 이마에 흐르는 식은땀을 닦으며 아이스크림을 담은 컵을 가지고 식탁에 앉았다.

'큰일 날 뻔했다. 휴.'

병준은 건이 키스카에게 아이스크림을 다 먹이고, 손을 씻겨준 후 동화책을 읽어주고 재울 때까지 다시 들어오지 않았다.

밤늦은 시간이 되어서야 조심스럽게 들어와 건의 방으로 들어온 병준이 속삭였다.

"키스카 자?"

건이 침대에 앉아 있다가 웃음을 지었다.

"네, 좀 전에 잠들었어요. 형 덕에 잘 넘어갔네요. 헤헤."

병준이 훌쩍 뛰어 침대에 몸을 눕힌 후 건에게 암바 기술을
걸며 낮은 톤으로 외쳤다.

"이 자식아, 시즈카랑 뭐했어! 빨리 불어! 이 형도 이 나이에
아직 혼자인데, 이게 연애질을 하고 다녀?"

"아악, 아파요 형! 무슨 짓을 한 게 아니라 시즈카가 갑자기
울어서 안아준 거라고요! 으헉!"

병준이 기술을 더 세게 걸며 말했다.

"그러니까! 시즈카를 왜 울게 했냐고! 뭔 짓을 했길래, 이 변
태야!"

"아악, 놔요! 놓고 이야기해요, 제발!"

건이 침대를 팡팡치며 탭 아웃을 하자 슬며시 팔을 놓아준
병준이 발로 건을 밀어내며 말했다.

"말해라. 둘 다 담당 연예인인데 내가 모르는 일이 있으면
안 돼. 연애한다고 해도 괜찮아. 내가 알고 있기만 하면 갑작
스러운 상황에 대처할 수 있도록 손 써둘 테니까."

건이 팔이 아픈지 팔을 주물러대며 인상을 썼다.

"아, 그게 아니라고요. 그냥 시즈카가 울어서 달래주려고 그

런 것뿐이에요."

병준이 눈을 게슴츠레하게 뜨며 물었다.

"그러니까, 시즈카가 왜 울었는데? 그걸 말해."

"그, 그건……."

"왜 말 못 해? 무슨 짓을 한 거야?"

"아, 아니 그게 아니라…… 지, 진짜 걔가 왜 울었는지 이유를 몰라서 그래요."

병준이 더욱 눈을 가늘게 뜨며 말했다.

"이유를 모르겠다? 여자를 울렸는데 이유도 모른다. 이거 소시오패스 증상인데?"

"아 쫌! 그런 거 아니라니까요."

건이 병준에게 시즈카와의 대화 내용을 자세히 알려주자 병준이 턱을 쓸며 말했다.

"그러니까 이야기를 종합해서 객관적인 결론을 내보자면, 시즈카는 네 반응을 보고 자기가 한 말이 너무 직관적이라 네가 화를 낸 것으로 생각했고, 그래서 울었던 것 같네."

건이 눈을 동그랗게 뜨고 물었다.

"예? 제가 화를 내다니요? 그런 적 없어요, 형."

"어휴, 이 둔탱이! 생각해 봐. 네가 다른 사람에게 직설적으로 말을 했는데 그 사람이 갑자기 몸을 막 떨면서 대답도 안 한다고 생각해 봐. 화났다고 생각이 안 들겠어?"

"어…… 그, 그건."

"인마, 시즈카가 얼마나 여린 아이인데. 우는 게 당연하지. 어휴."

"……그, 그런가요?"

"어휴, 하여튼 아무 일 없었다는 건 다행이네. 그래서 곡에 대한 컨셉은 잡은 거야?"

"음…… 컨셉은 아니고요, 제가 무엇을 고민해야 하는지 방향성을 잡았다고 하는 게 맞을 것 같아요."

"좋아, 그럼 됐지. 너라면 곧 결과를 낼 수 있을 거다. 이번에도 잘 해보자."

"후후, 네."

다음 날.

스튜디오로 향하는 건을 졸라 따라나선 키스카가 건의 손을 잡고 스튜디오 계단을 내려왔다. 스튜디오에 도착한 키스카가 악기들과 기계들이 신기한지 이것저것 만져보는 것을 본 건이 주의를 주었다.

"키스카, 나 작업해야 하니까 기계는 너무 만지지 말아줘. 특히 돌아가는 버튼 쪽은 만지면 안 돼, 알았지?"

키스카가 알았다는 듯 고개를 끄덕인 후 스튜디오 뒤쪽 벽에 붙어 있는 의자에 앉아 얌전히 배에 손을 올렸다.

방해하지 않겠다는 의지를 온몸으로 보여주는 키스카를 본 건이 귀엽다는 듯 웃으며 소녀의 머리를 쓰다듬어 주자 기분이 좋아진 키스카가 배시시 웃었다.

곧 눈을 감고 집중하던 건이 녹음 부스 안으로 들어가 가져온 기타를 튕겨보며 뭔가를 연주하기도 하고 오선지에 악보를 적다가 찢어버리기도 하는 것을 지켜보던 키스카가 심심해졌는지 스튜디오 문을 열고 밖으로 나갔다.

한참 여기저기 기웃거리던 키스카 계단을 내려오는 그림자를 보고는 화들짝 놀라 벽 뒤로 숨었다.

눈만 내밀어 계단을 내려오고 있는 사람을 보던 키스카의 표정에 곧 안도하는 감정이 떠올랐다.

건과 함께 일본에 갈 때 보았던 예쁜 동양인 언니가 내려오는 것을 보았기 때문이다.

먹을 것을 가져왔는지 손에 뭔가 바리바리 싸 들고 내려오는 시즈카에게 인사를 해야 하나 말아야 하나에 대해 고민하던 키스카가 벽 뒤에 숨어 있자, 소녀를 보지 못하고 벽 옆으로 시즈카가 스쳐 지나갔다.

자신을 지나쳐 버리는 시즈카에게 다가가려던 키스카가 몇 걸음을 걷다가 걸음을 멈췄다.

무표정한 키스카의 조그마한 콧구멍이 벌름거렸다. 방금 시즈카가 지나간 곳에 남아 있는 그녀의 향수 냄새를 맡은 키스카의 표정이 점점 굳어졌다.

확실히 이 냄새가 맞는지 다시 한번 코를 벌름거리며 냄새를 맡아본 키스카가 겨우 발걸음을 옮겨 스튜디오 문을 살짝 열고 안을 들여다보았다.

아직 녹음실 안에서 헤드폰을 쓰고 악보를 적고 있는 건의 모습이 맨 처음 소녀의 눈에 들어왔고, 녹음실 창문을 몽롱한 표정으로 보고 있는 시즈카도 보였다.

잠시 건의 모습을 애정이 듬뿍 담긴 눈으로 보던 시즈카가 가져온 쇼핑백에서 도시락통을 꺼내기 시작했다.

뭘 싸 왔는지 모르지만, 자신이 직접 싸 온 것 같아 보이는 도시락을 꺼내 테이블 위에 세팅한 시즈카가 자리에 앉아 손으로 턱을 괴고 녹음실 안에 있는 건을 웃는 표정으로 보고 있었다.

잠시 시간이 지나고 녹음실 안에 있던 건이 고개를 들었다가 밖에 와 있는 시즈카를 보고는 벌떡 일어나 나와 웃으며 말했다.

"시즈카, 왔어?"

테이블에 앉아 있던 시즈카가 웃으며 말했다.

"네, 배고플 것 같아서 뭐 좀 만들어봤어요. 드셔보세요."

건이 눈을 동그랗게 뜨고 자리에 앉았다.

"와아, 많다! 이거 시즈카가 만든 거야? 솜씨가 대단한데? 요리 좀 하나 보다."

"호호, 실력은 없어요. 그냥 만든 거니까 편하게 드세요."

"어, 그런데 키스카가 어디 갔지? 화장실 갔나?"

건이 주위를 두리번거리다 조금 열린 문 사이로 자신을 보고 있는 키스카의 눈을 발견하고는 자리에서 일어나며 말했다.

"어? 키스카, 거기서 뭐 해?"

건이 다가와 문을 활짝 열자 분노에 차 몸을 부들부들 떨고 있는 소녀가 건을 노려보고 있는 모습이 보였다.

꼭 쥔 주먹이 바들바들 떨리고 의아한 눈으로 자신에게 다가오고 있는 건을 향한 눈동자도 흔들리고 있었지만, 소녀는 그저 그 자리에 가만히 서 있었다.

키스카는 단지 어리기만 한 소녀가 아니었다. 어릴 때 엄마를 잃고 사람들이 무서워하는 마피아라는 사람들 속에서 살아온 키스카에게는 마피아 보스 그레고리의 피가 흐르고 있었다.

소녀는 일단 자신이 알고 있는 정보를 머릿속으로 빠르게 정리했다.

첫 번째 정보, 건은 어젯밤 늦게 돌아왔고, 그의 몸에서 여자 향수 냄새가 났다. 두 번째 정보, 오늘 만난 동양인 언니의 몸에서 같은 향기가 났다. 세 번째 정보, 어제 병준과 건은 자신에게 거짓말을 했다.

여기까지 정리가 되었을 때 건이 자신 앞에 다가와 한쪽 무릎을 꿇고 눈을 맞추며 말했다.

"키스카, 어디 다녀왔어? 화장실 다녀온 거야? 나한테 말하지, 같이 가줬을 텐데."

물끄러미 서서 건을 보고 있는 키스카의 머릿속에 다시 한 번 현재의 정보가 업데이트되었다.

건이 자신의 몸 여기저기를 살펴보며 어디 상한 곳이 없는지 살펴보고 있다. 그는 언제나처럼 자신에게 친절하게 대해주고 있다.

저쪽 테이블에 앉아 젓가락을 입에 물고 눈을 동그랗게 뜨고 있는 언니가 보고 있었지만, 그는 변함없이 누구보다 자신을 우선해 챙겨주고 있다.

이곳까지 올 때 건은 자신에게 저 언니가 올 것이라는 말을 하지 않았다. 즉, 저 언니는 건에게 허락을 구하거나 약속을 하지 않고 갑자기 온 것이다. 그리고 건은 그녀가 있든 말든 걱정스러운 눈으로 자신을 바라봐 주고 있다.

여기까지 생각을 정리한 키스카가 잠시 고개를 숙였다.

건이 키스카의 작은 어깨를 잡고 물었다.

"키스카, 왜 그래? 어디 아픈 거야? 고개 좀 들어봐, 얼굴 좀 보자."

키스카가 가만히 한쪽 손을 내밀었다. 건이 얼떨결에 키스카의 손을 잡자 고개를 든 키스카가 무표정한 얼굴로 키스카가 있는 테이블 쪽으로 건을 잡아끌었다.

"어, 어어. 키스카?"

건을 끌고 테이블에 온 키스카가 건에게 앉으라는 듯 소파를 팡팡 두들기자, 건이 가만히 의자를 보다가 자리에 앉았다.

영문을 모르겠다는 표정을 짓고 있던 시즈카를 살짝 노려본 키스카가 옆에 있는 다른 의자가 아닌 건의 무릎 위로 기어 올라갔다.

건은 갑자기 키스카가 올라오려 하자 양팔을 겨드랑이에 넣어 소녀를 들어 올린 후 무릎 위에 올렸다.

"키스카, 배고파서 그래?"

건의 허벅지 위에 앉아 시즈카를 노려보던 키스카가 건을 힐끔 본 후 손가락으로 먹음직스러워 보이는 소시지 볶음을 가리켰다.

건이 젓가락을 들어 소시지를 키스카에게 내밀자 입만 내밀어 받아먹은 키스카가 여전히 무표정한 얼굴로 시즈카를 노려보았다.

어린아이가 자신을 노려보며 뭔가 싫은 티를 내자 시즈카가 당황했다.

"저…… 저기, 키, 키스카. 이것도 좀 먹어볼래?"

시즈카가 정성 들여 만든 튀김 하나를 집어 내밀자 키스카가 손으로 튀김을 밀어내고 다른 반찬을 가리켰다.

계면쩍어진 시즈카가 튀김을 내려놓고 키스카가 가리킨 것을 집으려 하자 키스카가 다시 세차게 고개를 저으며 건 바로 앞에 있는 반찬을 가리킨 후 건을 올려다보았다.

소녀의 큰 눈망울을 내려다보던 건이 싱긋 웃으며 소녀가 가리킨 반찬을 집어 입녑에 넣어주자 방긋 웃으며 받아먹는 키스카였다.

건과 눈을 맞추며 방긋 웃은 채 입을 오물거리던 키스카가 다시 시즈카를 볼 때는 무표정한 표정으로 돌아와 있었다.

키스카는 이후 철저히 자신의 뒤에 있는 건을 볼 때와 맞은 편의 시즈카를 볼 때의 표정을 달리했다.

시간이 갈수록 점점 더 당황스러워진 시즈카가 다 먹은 도시락을 정리해 쇼핑백에 넣은 후 머뭇거리며 말했다.

"저…… 케이, 전 이만 가볼게요."

건이 키스카를 들어 자신 쪽으로 얼굴을 돌린 후 배를 두들겨주며 웃고 있다가 놀라며 말했다.

"왜, 벌써 가? 아냐, 더 있다가 가도 돼."

시즈카가 자신을 바라보고 있는 건의 허벅지 위에 앉아 자신에게 고개를 돌린 키스카를 보았다.

소녀의 무표정한 얼굴과 싸늘한 눈빛이 부담스러웠던 시즈카가 건과 함께하고 싶은 마음과 부담 사이에서 갈등했다.

"그, 그게……."

아무것도 모르는 건이 키스카를 들어 바닥에 내려놓은 후 일어나 다가왔다.

"괜찮아, 시즈카는 이번에 내게 큰 도움을 줬는걸. 음악 만드는데 도와줬으면 좋겠어."

"네? 제, 제가, 케, 케이가 만드는 음악에…… 도, 도움을요? 제가 도움이 될까요?"

건이 아름다운 미소를 입에 머금고 고개를 끄덕였다.

"그럼, 도움 되지. 스튜디오로 와. 안 그래도 의논할 상대가 필요했거든."

건이 시즈카의 손을 잡고 스튜디오로 들어가자 키스카가 쫓아 들어왔다.

"어, 키스카, 너도 들어오고 싶어?"

키스카가 시즈카와 건 사이에 엉덩이를 비집고 들어가며 건을 올려다보자 건이 시즈카의 손을 놓고 키스카에게 손을 내밀며 웃었다.

"그래, 심심했지? 같이 들어가자, 그럼."

건의 손을 빼앗는 것에 성공한 키스카가 건의 손을 잡고 스튜디오로 들어가다가 시즈카를 돌아보며 손가락으로 눈을 아래로 잡아당긴 후 혀를 내밀었다.

소녀의 모습을 본 시즈카가 황당한 눈을 했지만 닫혀가는 스튜디오 문을 보고는 황급히 안으로 몸을 밀어 넣었다.

갈색 벽에 엔틱하면서도 세련된 스튜디오 안에는 여러 가지 악기들이 빼곡히 자리를 잡고 있었다.

건이 간이 의자를 꺼내 키스카를 앉힌 후 주위를 돌아보며 곤란한 눈을 했다.

"아…… 의자가 없네."

시즈카가 괜찮다는 듯 손사래를 치며 키보드 뒤쪽으로 들어갔다.

"괜찮아요, 전 키보드 의자에 앉아 있을게요."

"아, 그래도 되겠어? 미안해."

"호호, 괘, 괜찮아요."

앉으면서도 싸늘한 눈으로 자신을 보고 있는 키스카의 눈치를 본 시즈카가 소녀와 눈을 마주치는 것이 두려운 듯 딴 곳으로 시선을 돌렸다.

잠시 두 여자를 보던 건이 기타를 들고 가운데에 앉으며 말했다.

"일단 지금까지 구상한 것까지 말해줄게. 장르는 아직 특정하지 않았어. 내가 특정한 것은 단지 아름다운 노래를 만들려는 내 고정관념을 깨부수자는 것이었고, 케빈의 마음과 나의 마음 중 공통분모를 찾아보자는 거였어."

시즈카가 조용히 건의 말에 귀를 기울이자 건이 다시 말을 이었다.

"케빈과 나의 공통점은 아버지를 이해할 생각이 없다는 거야. 물론 내 경우와 케빈의 경우는 좀 다르긴 하지만 말이야. 아마도 그것은 미움이나 분노에 가까운 감정이라고 생각해."

시즈카가 조금 놀란 표정으로 물었다.

"미움이나, 분노가 담긴 노래를 하려는 거예요, 케이?"

건이 진중한 표정으로 고개를 저었다.

"아니, 그건 아직 모르겠어. 미움이 될지 분노가 될지. 하지만 말이야. 사람의 감정 중에는 반드시 터뜨려야 곪지 않는 감정이란 것이 있대. 그것은 보통 마이너스 감정인데, 울음, 미움, 분노 등이 이에 속한다고 해. 이것은 발산하고 나야 카타르시스가 있고, 풀 수 있는 감정이라고 하지. 종교에서 말하는 무조건적인 용서는 아주 힘든 일이잖아. 용서하기 위해 감정의 폭발이 필요한 것이 보통 사람이지."

시즈카가 팔짱을 끼며 심각한 얼굴로 말했다.

"용서하기 위한 폭발이라는 것은…… 결국 상대를 용서하기 위한 밑 준비라는 것이네요?"

건이 살짝 고개를 끄덕였지만 뭔가 마음에 들지 않는다는 표정으로 말했다.

"맞는 말이야. 하지만 그게 현재의 내 감정은 아니야. 난 아직 용서하기 위한 준비를 할 생각이 없거든. 그래서 난 뒤는 생각하지 않을 생각이야. 그저 터뜨리고 찢어발기고 나면 시원해진다는 말이 진실인지 알고 싶을 뿐이지."

시즈카가 고개를 살짝 끄덕이며 말했다.

"좀 쉽게 말하자면 울고 싶을 때 참고 버티는 것보다 시원하게 울어버리면 나아지는 감정을 말하는 건가요?"

건이 손가락을 딱 튕기며 웃었다.

"바로 그거야, 시즈카."

시즈카가 잠시 건의 눈치를 본 후 조심스러운 말투로 물었다.

"케빈이라는 사람의 이야기는 들었어요. 하지만 케이의 이야기는 듣지 못했기에 어떤 도움을 드릴 수 있을지 잘 모르겠어요……."

건이 설명을 멈추고 잠시 시즈카를 뚫어지게 보았다. 고개를 돌려 똘망똘망한 눈으로 자신을 보고 있는 키스카의 눈을 확인한 건이 짧은 한숨을 쉰 후 말했다.

"그래, 키스카도, 시즈카도 이제 나에게 소중한 사람들이니까……."

건의 한 마디에 두 여자의 얼굴이 확 밝아졌다.

두 사람 다 소중하다는 것이 마음에 들지 않았지만, 자신을 인정해 준 건이 좋았던 키스카와 키스카를 자신의 경쟁상대로 생각할 수 없는 시즈카가 서로 다른 생각을 하며 기뻐했다.

잠시 두 여자를 번갈아 보던 건이 자신의 이야기를 시작했다. 어릴 때 가정 폭력에 시달렸던 이야기, 말도 안 되는 폭력에서 자신을 두고 정신적 도피를 했던 엄마.

이후 그 폭력에 대해 이해를 강요하는 주위 사람들에 관한 이야기를 장시간에 걸쳐 하던 건이 피곤해졌는지 잠시 한숨을 쉬자, 스튜디오에 침묵이 흘렀다.

부모님의 사랑을 듬뿍 받고, 지원까지 받으며 살아온 시즈카였지만 알고 보면 엄마의 신병 때문에 친구가 없었다. 그녀 역시 어릴 때는 자신을 멀리하는 친구들을 보며 엄마에 대한 원망을 가지고 있었다.

또 그레고리가 눈에 넣어도 아프지 않을 만큼 사랑으로 키우고 있는 키스카 역시 아버지의 직업으로 인해 엄마를 잃었다. 소녀에게도 엄마를 빼앗아 간 것은 다른 누구도 아닌 아빠였기에, 그녀 속에 원망이라는 마음이 자리 잡혀 있었다.

하지만 건이 당해왔던 소소한 이야기들을 모두 들은 두 여자는 그제야 미국에 와 있는 동안 집에 전화 한 통 하지 않는 건을 이해하게 되었다.

무거운 침묵이 한참 동안 스튜디오를 메우고, 침묵이 주는 부담감을 이기지 못한 마음 약한 시즈카가 조심스럽게 입을 열었다.

"그런 일이 있었군요······. 말하기 어려운 이야기였을 텐데, 말해줘서 고마워요, 케이."

건이 힘없이 웃으며 손을 휘휘 저었다.

"친구잖아, 우린."

시즈카가 친구란 말에 기분이 좋아졌지만 이내 표정 관리를 하며 말했다.

"혹시 지금 이런 이야기를 하고 속이 좀 시원해졌나요?"

"음······."

건이 고민스러운 표정으로 생각에 잠겼다가 입을 열었다.

"아닌 것 같아. 하지만 그런 적도 있어. 예전에 누군가의 무덤 앞에서 울면서 이 이야기를 토해냈던 적이 있었거든. 그때는 뭔가 시원한 감정을 느꼈던 것 같아."

시즈카가 자신의 볼을 만져본 후 말했다.

"음······ 그렇다면 그런 응어리는 더욱 강한 폭발과 함께해야 비로소 폭발시켰다고 할 수 있다는 거군요."

"글쎄, 그건 나만 그런 것일지도 모르잖아. 확신은 없어."

두 사람이 대화를 나누고 있는 사이, 키스카가 옆에 놓인 빈 오선지를 뒤집어 빈 곳에 뭔가를 써 내려가기 시작했다.

대화를 나누던 건이 키스카가 쓰고 있는 것을 힐끔 본 후 웃으며 소녀의 머리를 쓰다듬었다.

"뭔가 영감을 얻었나 보네, 우리 키스카가."

아이답지 않게 눈살을 찌푸리며 집중력을 유지하고 있는 키스카에게 방해가 되지 않으려던 건이 시즈카를 돌아보며 검지를 입술에 올렸다.

잠시 조용히 키스카를 바라보고 있던 두 사람이 엎드려 글을 쓰고 있는 키스카가 몸을 일으키자 함께 몸을 앞으로 내밀며 소녀가 들어 보인 종이를 보았다.

한참 소녀의 글을 읽은 시즈카가 눈을 동그랗게 뜨고 감탄사를 내뱉었다.

"저, 정말 천재였네요! 열 살짜리의 글이 이런 수준이라니!"

건이 환하게 웃으며 키스카의 머리를 쓰다듬어주자 기분이 좋아졌는지 방긋 웃은 키스카가 시즈카를 향해 승리의 웃음을 보냈다.

뜻 모를 웃음이었지만 자신을 향해 자신만만한 웃음을 짓고 있는 키스카를 본 시즈카가 얼떨결에 마주 웃었다.

건이 시즈카가 쓴 가사를 다시 한번 찬찬히 읽어 본 후 고개를 끄덕였다.

"좋아, 이 정도 가사라면 나와 케빈, 그리고 분노의 폭발이 필요한 사람들의 공감을 끌어내기에 충분한 것 같다. 다음은 장르를 정해야겠지? 이제부터는 내 작업이야. 두 사람 모두 도와줘서 고마워."

건이 이제부터 혼자 작업하겠다는 뜻을 비치자 가사라는 큰 도움을 주어 기뻐하는 키스카가 시즈카를 보며 허리춤에 손을 올리고 손가락을 까딱였다. 영문 모를 행동에 의아한 표정을 짓던 시즈카가 어색한 웃음을 흘렸다.

◈ **3장** ◈
Fury(2)

다음 날부터 건은 매일 아침부터 스튜디오를 찾았다.

집중을 해야 하는 일이었기에 키스카가 일어나기 전에 레드 케슬을 빠져나와야 했던 건은 새벽 댓바람부터 조직원 세 명만 데리고 스튜디오로 향했다.

차를 타고 링컨 센터로 가는 새벽길을 보고 있던 건이 로건의 가게 문이 열린 것을 보고 반색하며 차를 세웠다.

새벽 시간이라 거리에는 한두 명의 사람만 있었기에 얼굴도 가리지 않고 차에서 내린 건이 가게 문을 밀자 문에 달린 종이 소리를 울렸다.

딸랑.

부산하게 움직이며 새벽에 구운 빵을 진열대에 넣고 있던 로건이 허리를 구부린 채 소리쳤다.

"어서 오세요! 아직 진열 중입니다만, 갓 구운 빵들이 많습니다."

로건이 들고 있던 쟁반에 남은 빵을 진열대에 넣은 후 고개를 들다가 건을 보며 놀랐다.

"케, 케이!"

건이 양팔을 펼치며 웃었다.

"하하, 로건! 일찍부터 장사하시네요?"

로건이 쟁반과 집게를 던져두고 카운터를 돌아 뛰어나왔다. 허리춤에 묶은 앞치마에 손을 닦은 후 건을 안아 준 로건이 만면에 웃음을 띠고 말했다.

"아니, 이 아침부터 웬일이야? 빵집은 원래 새벽에 여는 거야. 당일에 빵을 구워야 맛있거든. 아침 손님들을 상대하려면 새벽 4시 반쯤부터 빵을 굽기 시작하고, 6시쯤부터 가게를 열어놓지. 물론 7시쯤 되어야 손님이 오지만 말이야. 그런데 지금 시간이……."

로건이 고개를 돌려 벽시계를 본 후 눈이 동그래졌다.

"6시 10분이네? 정말 무슨 일이야?"

건이 웃으며 고개를 저었다.

"별다른 일은 아니고요, 일찍 작업실에 가다가 문이 열려 있는 것을 보고 샌드위치를 사 갈까 해서 왔어요."

로건이 이를 드러내며 손을 비볐다.

"그래? 우리 케이가 왔는데 당연히 만들어줘야지! 내가 지난번에 한 약속은 지켜야지! 로건의 특제 아보카도 샌드위치가 그것도 공짜로 나간다! 조금만 기다려!"

"하하, 고마워요. 로건."

주방으로 뛰어가 금방 샌드위치 두 개를 만들어 종이봉투에 담아 온 로건이 홀로 나오자 창가에 앉아 창밖을 보고 있는 건이 보였다.

뭔가 고민하는 듯한 모습에 잠시 머뭇거리던 로건이 발소리를 죽이고 다가가 테이블 위에 봉투를 놓으며 말했다.

"음…… 역시 뭔가 고민거리가 있는 건가?"

딴생각에 빠져 있던 건이 살짝 놀라며 로건을 보고는 웃으며 종이봉투를 잡았다.

"아? 하하, 아니에요. 잘 먹을게요, 로건."

로건이 맞은 편에 앉으며 진중한 얼굴로 말했다.

"그러지 말고 말해봐. 고민의 답은 항상 의외의 곳에서 찾아지는 법이니까."

건이 로건을 잠시 뚫어지게 보다가 입을 열었다.

"음…… 그럼 질문 하나만 해도 돼요?"

로건이 손바닥을 마주치며 말했다.

"그럼! 여러 개 해도 돼!"

"하하, 그러면…… 로건. 몬타나라는 밴드를 아세요?"

"응? 당연한 거 아냐? 그렇게 유명한 밴드를 모르는 사람이 어디 있어?"

"음, 그렇군요. 그럼 그 밴드가 마지막에 발표한 앨범이나, 곡을 아세요?"

로건이 잠시 생각을 해본 후 말했다.

"조금 오래되었는데, 내 기억의 마지막 앨범은 'Supernatual' 이었어."

건이 실소를 지으며 말했다.

"이런. 그건 1999년도 앨범이라고요, 로건."

로건이 머리를 긁으며 말했다.

"그, 그렇지. 하여튼 그 밴드 앨범은 최고라고."

건이 눈을 가늘게 뜨며 물었다.

"최고의 밴드 음악인데 왜 그 앨범을 마지막으로 듣지 않았죠?"

로건이 머리를 긁던 포즈를 그대로 굳히며 생각에 잠겼다. 한참 그를 기다려 주던 건이 다시 입을 열었다.

"그 앨범 뒤로 2005년에 Just Feel Better, 2007년에 Into the Light, 2011년에 While My Guitar Gently Weeps라는 앨범이 있었어요. 그런데 왜 그 후로는 듣지 않으셨을까요? 노래가 안 좋았던 걸까요?"

"아, 아니야. 멕시코 록 특유의 느낌이 좋은 밴드였는데……."

"맞아요. 그런데 왜 그랬을까요?"

로건이 아무리 생각해도 무슨 말을 해야 할지 떠오르지 않아 머뭇거리자 건이 다시 물었다.

"반대로 물어보죠. 그럼 몬타나가 왜 좋았어요?"

로건이 그 질문은 자신 있다는 듯 반색하며 말했다.

"라틴 록 특유의 느낌이 좋아서 그랬지. 신나는 곡과 슬픈 곡이 잘 어우러진 앨범을 만드는 밴드였기도 하고 말이야."

건이 고개를 끄덕인 후 말했다.

"그렇죠? 그럼 그 이후 앨범들은 달랐나요? 분명 라틴 록 특유의 느낌은 모든 앨범에서 살아 있었을 텐데 말이에요."

로건이 다시 어려운 듯한 표정을 짓다가 나직하게 중얼거렸다.

"그게, 음……. 솔직히 매 앨범이 똑같잖아, 그 밴드는……."

건이 눈을 크게 뜨며 로건을 보았다.

로건은 건의 눈이 커지자 건과 카를로스가 친하다는 것을 떠올리고 식은땀을 흘리며 말했다.

"아, 아니. 내 말뜻은 그게 아니고……."

건이 한 손을 들어 손바닥을 보이며 말했다.

"잠깐만요, 방금 뭐라고 하셨죠?"

"아, 아니야. 미안해, 내가 실언을 한 것 같아."

"아니에요, 로건. 다시 말해봐요. 괜찮아요."

건의 표정을 살피던 로건이 조그맣게 말했다.

"음……. 내 말은 말이야, 그 밴드는 라틴 록의 느낌이 살아 있는 밴드이긴 하지만 그 앨범이 그 앨범 같고…… 그 곡이 그 곡 같단 말이지. 클리셰라고 할까? 듣자마자 '아! 이 곡은 몬타나의 곡이구나!'라는 생각이 들지만 오래 활동해서인지 전혀 새롭지가 않다고 할까? 뭐…… 그런 거야. 카, 카를로스 씨에게는 비밀로 해줘."

건의 표정이 심각하게 변했다.

로건이 건의 눈치를 보고 있는 중 건이 손가락을 꼬물거리며 고민에 잠겼다가 이내 고개를 들자 그의 표정이 이전과 다르게 조금 환해져 있었다.

"고마워요, 로건. 하하, 큰 도움이 되었어요."

"으응? 내, 내가 무, 무슨 도움을……."

건이 자리에서 일어난 후 종이봉투를 챙겨 드는 것을 올려다보던 로건이 물었다.

"응? 벌써 가?"

"하하, 네. 오늘 정말 고마웠어요. 샌드위치도 고맙고요."

로건이 함께 일어나며 말했다.

"자주 와. 케이는 언제나 공짜니까."

"하하, 그렇게 말하면 더 자주 못 와요."

"그러지 말고, 자주 오라고. 이렇게 새벽에 오는 것보다 손님들이 좀 있을 때 와주면 더 고맙지, 하하."

"속 보인다, 하하. 그럼 갈게요. 내일도 또 올지도 몰라요, 로건."

"그럼 나야 좋지! 언제든 들르라고!"

로건의 가게에서 나와 차에 탄 건의 눈이 깊어졌다.

'클리셰…… 몬타나의 클리셰……'

건을 태운 차가 일 분도 걸리지 않아 링컨 센터 앞에 섰다.

건이 차에서 내리며 운전을 하는 조직원에게 종이봉투를 들어 보이며 말했다.

"오늘 좀 오래 걸릴 거예요. 런치도 싸서 들어가니까 저녁때까지 밖에 안 나올 거예요."

새벽부터 선글라스를 쓰고 있는 조직원이 고개를 숙여 보이자, 싱긋 웃어준 건이 링컨 센터 지하로 내려가 졸고 있는 경비원을 지나 스튜디오의 문을 열었다.

비어 있던 휑한 스튜디오가 겨울 날씨에 얼어붙어 있었다. 불을 켜고 히터의 버튼을 누른 건이 잠시 스튜디오가 따뜻해지기 전까지 손을 비비며 의자에 앉아 있다가 온도가 어느 정도 올라오자 녹음실 문을 열고 안으로 들어가 기타를 잡았다.

'몬타나의 곡이니 당연히 장르는 록이다. 그런데 라틴 록이 아닌 다른 시도를 해보는 것이 좋겠어. 단지 케빈의 곡이라고

생각해서는 안 돼. 이것은 몬타나의 곡이고, 그중 케빈을 빛나게 만들어 줄 곡이어야 해.'

건이 가방에서 키즈카가 써 준 가사를 펼쳐 본 후 미소를 지었다.

처음부터 끝까지 다시 가사를 읽어 본 건이 고개를 살짝 끄덕인 후 앰프에 연결하지 않은 일렉 기타를 작게 튕겼다. 잠시 숨을 가다듬고 눈을 감은 건이 순식간에 악보를 써 내려갔다.

♪♪♩

오전 아홉 시.

혼자 사는 오피스텔에서 일어난 시즈카가 잠옷 바람으로 침대에서 내려오며 기지개를 켜다가 시계를 보았다.

'오늘부터 케이가 작업을 한다고 했지?'

잠시 기지개를 켠 자세로 시계를 보던 시즈카가 황급히 일어나 냉장고를 뒤졌다.

"엄마가 보내준 시사모가 어디 있더라?"

한참 냉장고를 뒤지던 시즈카가 알이 꽉 찬 시사모를 꺼내며 웃음 지었다.

"좋았어! 여기 있다!"

프라이팬에 시사모를 굽고 갓 지은 밥을 도시락통에 담고,

밑반찬들을 꺼내 덜어낸 시즈카가 열 시가 다 되어가는 시간을 확인하고는 조금 더 동작을 빨리했다.

어젯밤 냉장고 문에 병준이 붙이고 간 스케줄 표를 슬쩍 확인한 시즈카가 반찬을 다 담은 도시락통을 닫으며 생각했다.

'오늘 스케줄은 세 시부터니까, 지금 가면 케이와 조금은 같이 있을 수 있겠지?'

검은 코트와 털모자를 쓴 시즈카가 선글라스로 얼굴을 가린 후 도시락이 든 쇼핑백을 들고 오피스텔을 나와 택시를 탔다.

오전 시간에 꽤 많은 사람이 지나다니는 링컨 타운 앞에서 내린 시즈카가 얼굴을 가리고 지하로 뛰어 내려오자 계단에서부터 엄청난 볼륨의 메탈 음악 소리가 흘러나왔다.

'응? 다른 밴드가 작업 중인가?'

건이 작업하는 스튜디오 C로 다가간 시즈카가 시끄러운 메탈 음악 소리가 점점 커지는 것을 느끼고 눈을 크게 떴다.

'이번 곡은 몬타나의 곡 아니었어? 이 음악은······.'

스튜디오 문에 난 작은 창으로 안을 살핀 시즈카가 문을 열자 공간을 찢어발기는 듯한 사운드가 휘몰아쳤다.

소리로 인해 머리가 흩날리는 듯한 기분을 느낀 시즈카가 놀란 눈으로 스튜디오를 보았다.

잠시 녹음실 안에 있는 건을 보던 시즈카의 시선이 스튜디오 안쪽으로 돌아가자, 녹음실에 난 창문이 잘 보이는 소파 위에 앉은 키스카가 의기양양한 표정으로 시즈카를 보고 있는 것이 보였다.

'키…… 키스카?'

시즈카가 어색한 웃음을 지으며 한 손을 들었다.

"키, 키스카. 아, 안녕? 오늘도 함께 왔구나?"

"아냐, 같이 온 거."

갑자기 뒤에서 들리는 굵은 목소리에 놀란 시즈카가 화들짝 놀라며 뒤를 보자 병준의 넙적하고 검은 얼굴이 보였다.

"아! 매니저님!"

병준이 안으로 들어가라는 듯 시즈카를 밀었다.

"같이 온 게 아니라, 아침부터 자고 있는 내 배를 밟으며 쟤한테 가자고 졸라대서 마지못해 나온 거다. 그나저나 잘됐네. 오늘 스케줄 있는데 여기 있다가 같이 출발하면 되겠다. 그건 뭐야? 도시락?"

시즈카가 손에 쥔 쇼핑백을 들어 보이며 마지 못해 입을 열었다.

"네…… 드, 드실래요?"

"오, 좋아. 아침 못 먹어서 배고팠는데 잘됐다."

시즈카의 손에서 쇼핑백을 빼앗아 열고 게걸스럽게 도시락을 먹고 있는 병준을 보던 키스카가 장난스럽게 웃으며 박수를 쳤다.

고개를 박고 음식을 먹던 병준이 갑작스러운 키스카의 웃음을 보며 고개를 갸웃했다.

병준이 먹고 있는 도시락이 순식간에 사라지는 것을 아쉬운 눈으로 보던 시즈카가 녹음실 안에서 헤드폰을 쓰고 집중하고 있는 건에게 시선을 고정하며 말했다.

"그런데 이번 작업이 몬타나의 앨범 작업 아니었어요?"

병준이 볼에 밥풀 하나를 묻히고 고개를 들어 건을 힐끔 본 후 말했다.

"그렇게 알고 있어. 그런데 도대체 이 곡은 뭐야? 이건 마치 메가데스나 메탈리카 음악 같잖아?"

세 사람의 눈에 헤드폰을 쓰고 열정적으로 기타 파트를 녹음하고 있는 건과 그 주위에 구겨서 흩어놓은 수십 장의 악보들이 들어왔다.

집중력을 유지하며 작곡을 하던 건은 밖에서 세 사람이 자신을 보고 있는 것을 눈치채지 못했다. 한참 헤드폰을 쓰고 기타 연주를 하던 건이 트랙 녹음 중지 버튼을 누른 후 한숨을 쉬었다.

건이 눈을 뜨자 바닥에 어지럽게 널려 있는 구겨지고 찢어진 악보들이 들어왔다. 그중 한 장을 주워 구겨진 것을 펴 다시 자세히 보던 건이 이맛살을 찌푸렸다.

'휴, 생각보다 쉽지 않구나.'

건이 펴고 있는 악보는 온통 붉은색의 음표가 가득했다.

잠시 악보를 보던 건이 바닥에 굴러다니는 악보 중 반쯤 찢어진 악보를 들고 구겨진 것을 펴 보았다. 이번 악보에는 검은색의 음표가 가득했다.

두 악보를 번갈아 보던 건이 한숨을 쉬며 악보를 허벅지에 올려놓고 팔짱을 꼈다.

'해석을 어떻게 해야 할지가 문제야. 분노로 점철된 붉은색으로 갈 것인가, 아니면 불안, 암흑, 절망과 침묵을 나타내는 검은색의 감정으로 갈 것인가…….'

건이 생각에 잠겼다가 머리를 쥐어뜯거나 벅벅 긁고 있는 것을 밖에서 보던 병준이 황당한 표정을 지었다.

"지금 쟤가 뭐 하는 거야?"

건이 반쯤 미친 사람처럼 머리를 쥐어뜯고, 구겨진 악보를 곱게 펴서 살펴보다가 다시 찢어서 공중에 날리는 행동을 하자 키스카는 재미있었는지 웃었고, 병준은 걱정이 되었는지 녹음 부스로 들어가려 했다.

막 문고리를 잡은 병준의 검은 손 위에 시즈카의 하얀 손이 올라왔다.

문을 열려던 병준이 시즈카를 돌아보자 그녀가 작게 고개를 저었다.

"창작은 고통을 수반한다는 것 아시잖아요, 매니저님."

병준이 자신의 손목을 잡은 시즈카의 가녀린 손을 떼며 문을 손가락질했다.

"저 안에 저놈 지금 하는 거 안 보여? 저러다 어떻게 되면 어째? 잠깐 쉬었다가 하라고 하는 것이 좋지 않을까?"

시즈카가 단호한 눈빛으로 고개를 저었다.

"아니요, 혼자 두는 것이 좋아요. 단언할 수 있어요."

시즈카의 눈빛을 본 병준이 잠시 고민하다가 입맛을 다시며 물러났다.

다행히 녹음 부스 안에서 다시 음악 소리가 들려오고 눈을 감고 집중하던 건의 연주가 들려오는 것을 확인한 병준이 시계를 보았다.

"와, 시간 진짜 빨리 가네. 키스카, 이제 집에 가자. 너 데려다주고 시즈카 스케줄 가야 해."

병준이 코트를 입으며 키스카를 불렀지만 키스카는 엉덩이를 뒤로 빼고 소파 뒤에 숨어 가기 싫다는 표현을 하였다.

병준이 키스카를 잡으러 다녔지만, 요리조리 피해 도망 다니던 키스카는 결국 시즈카의 손에 잡혔다.

인상을 쓰며 손을 뿌리치려 하려는 키스카의 어깨를 꼭 잡은 시즈카가 무릎을 꿇고 진중한 얼굴로 말했다.

"키스카. 케이를 방해하고 싶은 건 아니지?"

키스카가 몸부림을 치다가 케이라는 말에 반응했다.

시즈카가 얼른 녹음 부스의 창문으로 보이는 건을 가리키며 말했다.

"지금 케이는 무척 집중해야 해. 네가 있으면 그 집중력이 깨어질 거야. 나 역시 그렇겠지? 그래서 나도 아직 시간이 좀 남았지만, 매니저님이 널 데려다주고 오실 동안 밖에 나가 있을 거야. 그 이유는 단 하나. 케이에게 방해가 되는 존재가 되고 싶지 않아서야. 키스카 너도 그렇지 않니?"

몸부림을 멈춘 키스카가 시즈카의 얼굴을 빤히 보다가 녹음 부스 안의 건에게 고개를 돌렸다. 잠시 건을 본 키스카가 다시 몸부림을 치며 시즈카를 밀어낸 후 쪼르르 달려가 병준의 손을 잡는 것을 본 시즈카가 웃으며 말했다.

"그래, 우리 키스카 착하네."

코웃음을 치며 딴 곳을 보는 키스카를 내려다본 병준이 실소를 지으며 손목시계를 보았다.

"빨리 가자. 자칫하면 늦겠네."

아쉬운 눈빛으로 녹음 부스 안의 건을 보던 시즈카가 안에까지 들리지 않을 것이란 것을 알면서도 조용히 소리가 나지 않게 문을 닫고 밖으로 나갔다.

세 사람이 다녀간 것도 모르는 건이 계속 악보를 채워 나가다 찢어버리고 또다시 새 악보를 꺼냈다.

뒷머리를 세차게 긁은 건이 잠시 바닥을 내려다보다가 혼잣말을 했다.

"내 지금의 감정은 뭐지? 아버지를 미워하고 있을까? 난 아직도 미움이라는 것에서 벗어나지 못한 걸까, 그러기에는 조금 희미해졌어. 그럼 나는 이 희미한 감정을 부여잡아야 하는 걸까? 아니야, 그렇다면 이 음악의 의미가 없어. 차라리 그 당시에 내가 느꼈던 분노를 표현하는 것이 맞아."

건이 바닥에 널려 있는 악보 중 붉은색의 음표로 가득한 악보를 주워 다시 폈다.

"A Verse부터 즉시 분노를 표현한다. 케빈의 연주를 빛내기 위해서이기도 하지만, 이 곡의 긴장감을 놓치지 않기 위해서는 기타와 베이스가 끊임없이 부딪쳐야 한다. 그 안에서 다시 조화를 찾아야 해."

의자를 치우고 기타를 세워 둔 건이 녹음실 바닥에 엎드려 펜으로 악보에 음표를 적어나갔다.

건이 엎드려 시야가 가려진 사이 녹음 부스 밖의 스튜디오 문이 조용히 열렸다. 엄청난 금발 미소년이었지만 냉정한 표정을 가진 남자가 먼저 들어와 키스카가 앉아 있던 소파에 앉아 팔짱을 꼈다.

잠시 후 검은 장발의 남자가 멋들어진 수트에 검은 가죽 장갑을 끼고 들어왔다. 잠시 건이 있는 녹음 부스를 보던 남자가 금발 미소년의 옆에 앉자, 금발 미소년이 말했다.

"저대로 두어도 괜찮겠습니까, 가마긴 각하."

가마긴이 턱을 매만지며 복잡한 눈빛으로 건이 보이지 않는 창문을 보았다.

"음…… 파이몬 자네 생각은 어떤가?"

파이몬이 녹음실 창문에서 눈을 떼지 않은 채 말했다.

"각하의 목적과 다릅니다. 아이의 음악을 듣는 이는 마이너스 에너지를 뿜어낼 확률이 높습니다. 막아야 합니다."

가마긴이 고민스러운 표정을 지으며 한숨을 쉬었다.

"후우…… 그렇군."

파이몬이 옆자리에 앉은 가마긴 쪽으로 고개를 돌리며 진중한 표정으로 말했다.

"고민하시는 이유, 알고 있습니다. 하지만 해야 합니다, 각하."

"으음……."

가마긴이 여전히 고민스러운 표정을 짓자 파이몬이 말을 이었다.

"단지 목적을 이루고자 하셨다면 아이에게 정신공격을 하셨 겠죠. 각하의 마리오네트로 만드는 것이 더욱 빠른 길이었을 테니까요. 각하가 이미 저 아이를 대리자 이상으로 생각하고 계시다는 것을 알고 있습니다. 그것은 20년이 넘는 세월 동안 저 아이를 함께 지켜보아 온 저 역시 마찬가지니 이해됩니다."

파이몬이 공중에 손을 뻗어 휘젓자 허공에 금색 오선지가 그려졌다. 다시 건이 있는 녹음 부스 안으로 손을 뻗은 파이몬 이 무언가를 흡수하는 듯 주먹을 쥐었다가 금색 오선지 위에 뿌리자 붉은 음표들이 금색 오선지에 박혀 들었다.

허공에 수놓는 음표들을 본 파이몬이 입을 열었다.

"모든 음표가 붉은색입니다. 또, 두 악기가 서로 다투기도 합니다. 이런 음악은 분명 새로운 시도이고, 전문 음악가들에 게 호평을 받는 음악이 될 확률이 높지요. 또, 록을 좋아하는 인간들에게는 새로운 록의 형태가 될 것입니다. 하지만 그리하 면 아이의 음악을 듣는 이들은 모두 마이너스 에너지를 내뿜 게 될 것입니다."

가마긴이 입을 꾹 다물고 그저 창문만 바라보고 있자, 파이 몬이 답답하다는 듯 말했다.

"그냥 두실 겁니까? 저 아이는 이미 인간 세계에서 많은 이 에게 사랑을 받고 있습니다. 저 아이가 음악을 발표하면 많은 인간이 들을 것이고, 그들이 뿜어내는 마이너스 에너지는 지금껏 모아두신 플러스 에너지를 송두리째 날려 버릴 수 있는 양일지도 모릅니다, 각하."

가마긴이 눈을 감았다.

"암두시아스를 부르게."

"네, 각하."

"지금 말고."

"예?"

"저 아이 매니저가 계약하러 멕시코로 갈 때 악보를 직접 들고 갈 것이다. 그때 손을 쓰도록."

"음…… 네 알겠습니다."

가마긴이 자리에서 일어나며 말했다.

"손을 쓰기 전에 내게 들르라고 하게."

파이몬이 함께 일어나며 물었다.

"전하실 말씀이라도 있으십니까?"

가마긴이 바지 주머니에 손을 넣은 후 말했다.

"아이의 음악을 모두 바꾸지는 말라 할 것이야."

"예? 무슨 말씀이십니까, 각하?"

가마긴이 잠시 고개를 숙여 바닥을 본 후 말했다.

"아이가 쓰는 악보 중 단 열 개의 음표. 그것이면 된다. 최소한으로 손을 대라고 할 것이야."

"음…… 그것만으로 될까요?"

"음악의 악마 암두시아스를 우습게 보지 말게, 우리보다 서열이 낮을 뿐, 음악으로 상대할 수 있는 이는 존재하지 않으니 말이야."

파이몬이 실소를 지으며 양손을 들었다.

"후후, 하도 경박한 녀석이라 72 악마 중 하나라는 것을 자꾸 잊어버리는군요. 알겠습니다, 그리 하겠습니다."

가마긴이 고개를 끄덕인 후 밖으로 나가려 하자 허공에 수놓인 악보에 손을 대고 지우려던 파이몬이 가마긴을 불러 세웠다.

"그런데 각하. 한 가지 여쭤봐도 되겠습니까?"

나가려던 가마긴이 뒤를 돌아보았다.

"뭔가?"

파이몬이 허공의 악보를 보며 팔짱을 끼고 입술을 매만지다가 손가락으로 여덟 마디부터 악보의 끝까지를 가리키며 물었다.

"여기 악보를 보면 말입니다. 기타와 베이스가 서로 잡아먹으려고 서로 싸우고 있는 것이 느껴지십니까? 이건 마치 맹수 두 마리가 싸우고 있는 것 같은데 말입니다. 이래서 음악이 될까요?"

가마긴이 그가 가리킨 부분을 보고 씩 웃었다.

"자네, 인간들이 먹는 바다 생물 중에 오징어라는 놈을 아나?"

파이몬이 고개를 갸웃한 후 손가락을 바닥으로 향하게 하고 움직여댔다.

"이렇게 생긴 놈 말입니까? 흐물흐물하게 생긴 모자 쓴 녀석이요?"

"그래, 그렇게 생긴 놈이지."

"네, 알고 있습니다만…… 갑자기 그 이야기는 왜 하십니까?"

가마긴이 파이몬에게 다가와 악보 앞에 섰다.

"오징어라는 놈은 성격이 급해서 바다에서 잡힌 후 얼마 뒤면 죽는다네. 싱싱하게 살아 있는 오징어와 죽은 오징어의 값은 천차만별이지. 인간 놈들은 그 녀석들을 팔 때까지 살려서 데려가기 위해 안간힘을 쓴다네."

파이몬이 조용히 가마긴의 말을 듣고 있자 그가 말을 이었다.

"오징어라는 녀석을 뭍까지 살려가는 방법이 뭔지 아는가?"

"음…… 글쎄요? 바다와 같은 환경을 조성해 줍니까?"

"후후, 조그만 고깃배에 그런 시설을 만들 수 있을 리가 없지."

"그럼 어떤 방법을 씁니까?"

가마긴이 손을 들어 기타와 베이스가 다투는 부분을 쿡 찌르자 허공에 수놓인 악보가 바람에 흩어지듯 사라졌다.

"배 밑에 있는 어창에 오징어들을 넣어둔 후 그의 천적이 되는 물고기 두어 마리를 함께 넣지."

파이몬이 놀란 눈으로 물었다.

"예? 그러면 안에 놈들이 다 잡아먹힐 것 아닙니까?"

"하하, 두어 마리라고 하지 않았는가? 그놈들이 수가 많은 오징어를 다 먹지는 못하지."

"아…… 그런 방법을 쓰는 것이 오징어라는 녀석을 살리는 데 무슨 도움이 되는 겁니까?"

"후후, 그 안에서 물고기들을 본 오징어들을 사력을 다해 도망치네. 삶에 대한 의지가 생기는 것이지. 살아남기 위해 끊임없이 투쟁하는 사이에 뭍으로 데려가는 것이고, 그로 인해 신선도가 유지되는 것이야."

파이몬이 가만히 가마긴을 보다가 깊숙하게 고개를 끄덕였다.

"오징어라는 녀석에 음악이라는 단어만 넣으면 간단히 무슨 내용인지 유추가 되는군요."

가마긴이 다시 문 쪽으로 걸어나가며 말했다.

"그래, 심오하지. 내가 천사로 돌아가기 위해 음악을 선택한 이유가 거기에 있기도 하지. 하여튼 저렇게 서로 잡아먹을 듯이 싸워대면 음악을 듣는 이 역시 끝까지 긴장감을 놓지 못하게 될 거야. 그 안에서 조화를 찾는 것은 바로 저 아이의 몫이 되겠지만 말이야."

스튜디오 사용 마감 기한 일주일을 꽉 채운 날.

병준이 아직도 스튜디오에서 두문불출하고 있는 건을 찾았다.

스튜디오 밖에서 안쪽을 기웃거리던 병준이 녹음 부스 안에서 아무 소리도 들리지 않자 조용히 문을 열고 안을 보다가 놀라 소리를 버럭 지르며 뛰어 들어왔다.

"거, 건아!"

스튜디오 바닥에 쓰러져 있는 건을 발견한 병준이 달려와 건을 흔들고 뺨을 때리며 깨웠다.

"건아! 건아! 왜 이래! 일어나 봐!"

병준이 세차게 뺨을 때리자 인상을 찌푸린 건이 실눈을 떴다.

"아파요……."

"헉, 깜짝이야, 이 자식아!"

건이 몸을 돌리며 손으로 눈을 비볐다.

"몇 시예요?"

"지금 열 한시야. 어떻게 된 거야?"

건이 상체를 일으킨 후 기지개를 켜며 하품을 했다.

"아함, 두 시간 전에야 작업 끝내고 잠깐 잔 거예요."

병준이 뒤로 털썩 주저앉으며 안도의 한숨을 쉬다가 다시 버럭 소리를 질렀다.

"그럼 이 자식아, 소파 놔두고 왜 바닥에 널브러져 있어! 쓰러진 줄 알고 놀랐잖아!"

건이 눈웃음을 지으며 얼굴을 매만진 후 손으로 소파 위를 더듬거려 악보와 CD를 들어 올렸다.

"후훗, 그냥 바닥이 편하더라고요. 여기 가이드 뜬 거랑 악보 준비해 놨어요. 이메일로 보내면 되는데 왜 직접 전해주신다고 그래요?"

병준이 빼앗듯 악보와 CD를 가져온 후 말했다.

"어휴, 하여간. 계약서는 서면으로 사인받아야 한단 말이다. 가서 곡 확인받고 사인받아야지. 일 여러 번 해서 되겠냐? 빨리 집에 가서 자라, 내가 타고 온 차 타고 그대로 가. 난 택시 타고 공항 가면 되니까."

"멕시코로 바로 가시게요?"

"응, 약속한 시간이 오늘이니까."

"네, 하암! 수고하세요, 형."

"그래, 바로 집에 가! 키스카가 매일 기다렸어."

"후훗, 알았어요."

노란 봉투를 꺼내 악보와 CD를 넣은 병준이 링컨 센터 밖으로 나와 대기하고 있는 조직원에게 건을 집으로 데려다주라는 부탁을 한 후 택시를 잡아탔다.

공항에 도착한 병준이 비행기 시간을 확인 후 조금 빠른 걸음으로 티켓에 기재된 45번 게이트로 향했다.

전화기를 들고 손린에게 지금 멕시코로 출발하겠다는 문자를 찍고 있던 병준이 앞에 서 있던 사람에게 부딪히며 뒤로 나자빠졌다.

"컥!"

어찌나 강하게 부딪혔는지 엉덩방아를 찧은 병준이 자신을 내려다보고 있는 남자를 올려다보다가 옷을 털며 일어나 말했다.

"아…… 죄송합니다. 제가 핸드폰을 보다가 그만."

남자는 키가 컸지만, 덩치는 병준이 훨씬 컸다.

하지만 부딪혀 쓰러지기까지 한 병준과 달리 평온한 표정으로 병준을 내려다보던 남자가 슬쩍 미소를 지으며 말했다.

"괜찮나요?"

"아, 예. 괜찮습니다. 이거 정말 죄송합니다."

병준이 사과를 하며 남자의 얼굴을 힐끔 보았다.

'엄청나게 잘 생겼네. 배우인가? 본 적 없는 것 같은데…… 비율을 봐서는 모델 같기도 하고 말이야. 휴 나이가 조금만 더 젊었어도 계약 이야기를 꺼내 보겠는데, 한…… 사십 대쯤으로 보이는군. 아쉽네.'

병준이 고개를 한 번 더 숙여 보인 후 다시 걸음을 옮겨 게이트 앞에 줄을 섰다.

여권과 티켓을 꺼내 자신의 차례를 기다리던 병준이 자신의 어깨를 건드리는 느낌에 뒤를 돌아보자 방금 부딪혔던 남자가 싱글싱글 웃으며 자신을 보고 있는 모습이 눈에 들어왔다.

"어…… 예, 어디 다치셨습니까?"

남자가 노란 봉투를 내밀며 말했다.

"이걸 떨어뜨리고 가셨습니다."

"헉!"

병준이 품을 뒤져본 후 악보가 든 봉투가 없어졌음을 알고 남자가 내민 봉투를 받아 들며 연신 고개를 숙였다.

"아이구, 이거 정말 감사합니다! 부딪힌 것도 죄송한데, 도움까지 받게 되네요. 중요한 것인데 여기까지 찾아오셔서 돌려주시다니, 어떻게 은혜를 갚아야 할지 모르겠네요."

남자가 손사래를 치며 웃었다.

"하하, 괜찮습니다."

병준이 손을 휘저으며 말했다.

"아닙니다! 은혜는 갚아야죠! 전화번호라도 알려주시면 사례하겠습니다. 이 봉투에는 정말 중요한 물건이 들었거든요."

남자가 싱긋 웃으며 말했다.

"괜찮습니다. 바쁘실 텐데 가보세요. 저도 바빠서 이만."

남자가 병준의 답을 듣지 않고 몸을 돌려 걸어가자 병준이 몇 번 더 남자를 부르다가 자신의 입장 차례가 온 것을 보고 미안한 표정으로 남자의 뒷모습을 보았다.

"와, 진짜 좋은 사람이네. 저런 사람을 친구로 사귀어야 하는 건데…… 쩝."

병준이 한참 남자의 뒷모습을 보다가 자신을 째려보는 뒷줄 할머니와 눈이 마주치고는 자라목을 하고 고개를 숙였다.

"어이구, 죄송합니다."

병준이 황급히 게이트 안으로 사라질 무렵 공항 내 스타벅스로 걸어 들어간 남자가 구석 자리 소파에 앉아 있는 두 남자를 보며 피식 웃었다.

♪♪♩

검은 장발의 남자가 선글라스를 끼고 신문을 보고 있었고, 금발 미소년이 주위에서 꺅꺅거리며 자신을 보고 추파를 던지는 소녀들에게 웃음 짓고 있는 것을 본 남자가 소파로 다가가자, 금발 미소년이 한쪽 손을 들어 보이며 말했다.

"어이, 갔던 일은 잘됐나?"

남자가 이쪽을 주목하고 있는 소녀들을 힐끔 본 후 말했다.

"후후, 여전하시군요. 잘 되었습니다, 파이몬 님."

검은 장발의 남자가 보고 있던 신문을 접고 그를 바라보자 정중히 고개를 숙인 남자가 말했다.

"가마긴 각하를 뵙습니다."

가마긴이 옆자리에 빈 소파를 고갯짓하며 말했다.

"수고했네, 암두시아스. 앉게."

암두시아스가 자리에 앉자 추파를 보내던 소녀들이 다시 한번 자지러졌다.

"꺅! 세 번째 미남 등장이야!"

"어떡해, 셋 다 완전 최강 미남이야, 분위기도 각자 다 달라!"

"그러게! 대박 잘 생겼다 진짜!"

"그런데 저기 검은 장발 남자 말이야. 어디서 본 것 같지 않아?"

"글쎄…… 아! 케이? 케이 닮았다. 그렇지 않아?"

"헉, 진짜야, 케이보다 나이가 많아 보이니 케이가 저 사람을 닮은 거겠지만."

자기들끼리 말하는 소리를 모두에게 들리도록 크게 떠들어 대고 있는 소녀들을 힐끔 본 암두시아스가 실소를 지었다.

"이게 재미있으십니까, 파이몬 님?"

파이몬이 장난스러운 미소를 지으며 소녀들에게 윙크를 날리자 소녀들이 다시 뒤로 넘어갔다.

눈에 하트를 그리고 있는 소녀들을 보며 웃던 파이몬이 암두시아스에게 고개를 돌리며 어깨를 으쓱했다.

"재미있잖아? 내 눈에는 씹다 뱉은 오우거 같이 생긴 암컷들이 저러고 있는 것이 웃기기도 하고, 하하."

암두시아스가 피식 웃다가 파이몬과 함께 소녀들에게 윙크를 날리는 것을 본 가마긴이 어이없는 웃음을 지었다.

"내 눈에는 자네들 두 사람이 똑같아 보이네만."

두 사람이 윙크를 보내주자 다시 소리를 지르던 소녀들은 결국 종업원의 주의를 받고 조용해졌다.

주위가 진정되자 가마긴이 입을 열었다.

"그래, 어떻게 되었나?"

암두시아스가 목 근육을 풀려는지 손으로 뒷목을 주무르며 말했다.

"정확히 여덟 마디에 하나씩. 붉은 음표에 자주색 테두리를 그려 넣었습니다."

파이몬이 소파에 팔꿈치를 대고 턱을 괸 후 물었다.

"그러면 어떻게 되는 건데?"

"자주색은 애정을 뜻하죠. 붉은색 음표에 자주색 테두리가 그려진 것이라 그리 티는 안 나겠지만, 그 아이가 악보를 보면 알아챌 겁니다. 색을 바꾸기 위해서는 음표의 음을 바꾸어야 하니까요."

파이몬이 인상을 쓰며 말했다.

"뭐야, 그럼 아이가 보는 순간 다시 고칠 수도 있는 거잖아?"

암두시아스가 피식 웃으며 어깨를 으쓱했다.

"제가 괜히 음악의 악마라고 불리는지 아십니까? 그 녀석이 알아챈다 하더라도 못 고칠 겁니다."

파이몬이 고개를 갸웃거리며 물었다.

"그건 왜지?"

암두시아스가 자신에게 시선을 집중하고 있는 가마긴 쪽을 보며 자신에 찬 표정으로 말했다.

"내가 고친 음악이 더 좋으니까요. 후후."

"호오?"

"알아챈다 해도 손대지 못할 겁니다. 그리고 제가 남긴 것에 대해 연구한다면 아이는 지금보다 더 발전하게 될 것이고요."

"그래? 호오…… 암두시아스 네가 일 처리를 깔끔하게 할 때도 있구나?"

암두시아스가 불만스러운 표정으로 파이몬을 보며 말했다.

"저도 고위 악마입니다, 파이몬 백작님."

파이몬이 같잖다는 듯 웃으며 말했다.

"그런 놈이 성에 할렘을 차려놓고 안 나오냐? 음악의 악마면 이름답고 고고하게 음악이나 하지. 음악보다 여자를 더 밝히는 놈이 무슨. 가마긴 각하, 이 녀석이 아이가 아끼는 꼬마 아이의 어미를 하녀로 쓰고 있는 것 아시지요?"

파이몬이 가마긴에게 고자질을 하자 당황한 암두시아스가 손사래를 쳤다.

"하, 할렘이라니요! 그, 그 꼬마 아이의 어미는 안 건드렸습니다! 그, 그저 허드렛일을 시키고 있을 뿐이란 말입니다! 가, 가마긴 각하! 오, 오해 십니다!"

파이몬이 손가락질을 하며 더 쏘아붙였다.

"네 성에 잡아놓은 인간 여자만 삼백이 넘는 것 다 알고 있어! 하녀는 그렇다 치고 정원사와 경비원들은 왜 다 여자로 채워놓는 건데? 여성 편력자 자식아!"

파이몬의 질책에 졌다는 듯 양손을 들어 보인 암두시아스가 체념한 듯 말했다.

"휴, 제가 잘못 했습니다. 파이몬 님을 어찌 이기겠습니까. 이제 그만두시지요."

"후훗, 나의 승리!"

장난꾸러기 같은 얼굴로 브이를 해 보이는 파이몬을 보던 가마긴이 피식 웃으며 신문을 접어 테이블 위에 올렸다.

"좋아, 다 잘되었다니 다행이군. 그런데 암두시아스. 분노라는 뜻의 붉은색에 애정을 뜻하는 자주색이 합쳐지면 조화가 되는가?"

모든 것을 포기한 듯 해탈한 표정을 짓고 있던 암두시아스가 다시 자신에 찬 표정으로 바뀌며 이를 드러내고 웃었다.

"증오나 분노와 애정이 합쳐지면, '애증'이라는 감정이 되지요. 그것은 미워하면서도 사랑할 수밖에 없음을 뜻합니다. 부모를 원망하는 자들에게는 딱 어울리는 감정이지요. 후훗."

옆에서 승리자의 미소를 짓고 있던 파이몬이 걱정스러운 얼굴로 말했다.

"그런데 가마긴 각하, 그 카를로스란 놈이 아이가 준 곡으로 음악을 만들까요? 알아보니 나이 좀 먹은 프로 뮤지션이던데, 자신이 지금까지 해왔던 음악과 너무 달라 거부감을 느낄지도 모릅니다만."

가마긴이 파이몬의 말에 다시 암두시아스를 보자 그가 고개를 저으며 단호한 표정으로 말했다.

"무조건 합니다. 그 악보를 보고 다른 말을 한다면 그놈은 뮤지션이 아닌 겁니다. 욕심이 안 날 수 없는 음악이니까요. 뭐 사실 제가 손 보기 전에도 이미 그 수준으로 올라온 음악이었습니다. 물론 그것도 제힘을 받았기에 가능한 일이지만요."

파이몬이 손가락을 까딱이며 싱글거렸다.

"오오, 잘난 척하면 다시 공격한다?"

암두시아스가 실소를 짓다가 자신에 찬 표정으로 말했다.

"잘난 척이 아닙니다. 확실히 합니다. 만약 안 한다면 제가 책임지고 하게 만들죠. 하지만 절대 그런 일은 없을 겁니다. 그 카를로스란 놈은 무지몽매한 초심자가 아니니까요."

확신에 찬 암두시아스를 물끄러미 보던 가마긴이 자리에서 일어났다.

"좋아, 다들 수고했네. 이제 암두시아스의 할렘에 가서 차나
한잔하지."

암두시아스가 울상을 지으며 자리에서 일어났다.

"가, 각하! 지, 진짜 아닙니다!"

"후후, 그건 가서 확인해 보자고."

파이몬이 장난스럽게 웃으며 함께 일어났다.

"크크크, 확인해 보시면 놀라실 겁니다, 각하. 크크크"

자리를 뜨는 두 사람의 뒷모습을 보며 식은땀을 흘리는 암
두시아스였다.

♪♫

멕시코의 수도 멕시코 시티 중앙에 있는 'Plaza Garibaldi'
에 있는 몬타나의 전용 연습실에 도착한 병준이 봉투를 옆구
리에 끼고 연습실 문을 두드렸다.

똑똑.

뭔가 부스럭거리는 소리가 들리더니 사람의 음성은 나지 않
고 대뜸 문이 벌컥 열렸다.

까치집이 된 머리를 하고 며칠은 씻지 못한 듯 후줄근한 케
빈이 병준을 보고는 머리를 긁으며 말했다.

"아…… 실장님 오셨어요?"

병준이 케빈의 몰골을 보고 황당한 눈으로 물었다.

"아니, 그 모습은 뭐예요? 며칠 전만 해도 깔끔했었는데, 왜 이렇게 됐어요?"

"하하…… 그게…… 뭐, 어쨌든 들어오세요."

케빈의 안내를 받아 들어간 연습실에는 녹음 부스 앞 사무실에 간이침대가 펼쳐져 있었다.

병준을 소파로 안내한 케빈이 냉장고에서 음료수를 꺼내 캔째 내밀며 어색하게 웃었다. 캔을 받아 든 병준이 자신의 맞은편에 앉는 케빈에게 물었다.

"무슨 일 있어요? 연습실은 세련되고 멋진데 케빈의 모습은 거지꼴이라니. 이게 무슨 일이죠?"

케빈이 반쯤 뜬 눈으로 음료를 들이켠 후 말했다.

"캬, 아 요새 연습하느라 그래요."

"설마 카를로스 선생님이 하드코어 막, SM, 채찍, 촛농 이런 거로 괴롭히기라도 하는 겁니까?"

"하하하, 그럴 리가요. 하드하게 훈육해 주고 계시지만 그런 짓은 안 하시니 걱정 마세요, 실장님."

케빈의 모습을 자세히 뜯어보던 병준이 고개를 저으며 말했다.

"이른 시일 내에 담당 매니저를 파견해 드리죠. 조금만 기다리세요. 본사에서 인력 선발 중인데, 아무래도 케이와 관련이 있는 분이다 보니 괜찮은 사람을 선발하는데 시간이 좀 걸리나 봅니다."

케빈이 음료수 캔을 들어 보이며 웃었다.

"지금도 별로 불편하지 않아요. 잡아주신 숙소 전망도 좋고요."

"그러니까요. 왜 그 좋은 숙소 놔두고 연습실에서 주무시냐 그 말입니다."

"하하, 그냥 새벽까지 연습하다가 집에 가기 귀찮아서요, 하핫."

"어휴, 씻기라도 좀 하시지."

"아, 죄송합니다. 후훗"

"그나저나 카를로스 선생님은요?"

"곧 오실 거예요. 너무 일찍 오셨네요."

"음…… 오후 4시인데 이른가요?"

"보통 지금쯤 나오셔서 밤 11시까지 연습하시거든요."

"음…… 예술가들은 왜 그리 아침잠이 많은지 모르겠어요."

"후후, 뭐 저도 마찬가지라 뭐라 드릴 말씀이 없네요. 곡은 나왔나요?"

병준이 봉투를 들어 보이며 말했다.

"가져 왔습니다."

케빈이 반색하며 손을 내밀려 하다가 멈칫했다.

"아! 이리…… 아, 아니에요. 카를로스가 먼저 봐야 맞겠죠."

병준 역시 고개를 끄덕인 후 봉투를 옆에 두고 그동안 있었던 일에 대해 잠시 대화를 나누자 곧 기타를 맨 카를로스가 문을 열고 들어오다 병준을 보고 반색했다.

"오! 미스터 리! 정확한 날짜에 찾아오셨군요. 허허, 보면 볼수록 팡타지오는 마음에 듭니다."

병준이 벌떡 일어나 악수를 청하며 웃었다.

"선생님! 며칠 만에 뵙습니다!"

카를로스가 병준의 손을 맞잡고 악수한 후 기타를 내려놓고 소파에 앉으며 케빈을 향해 인상을 썼다.

"뭐야, 너 또 여기서 잔 거냐? 냄새나니까 나가서 씻고 와."

케빈이 팔을 들어 냄새를 킁킁 맡아본 후 계면쩍게 웃었다.

"곡 나온 것만 좀 보고 가면 안 될까요?"

카를로스가 단호하게 고개를 저으며 말했다.

"네놈 냄새가 연습실에 가득하다. 지금 당장 나가서 씻어. 나가면서 창문 좀 열어두고."

"하하, 알았어요. 다녀올게요."

케빈이 자리를 뜨자 카를로스가 병준이 들고 있는 봉투를 기대에 찬 눈으로 보며 손을 내밀었다.

"그것인가요?"

"아, 예 선생님. 여기 있습니다."

병준이 공손히 두 손으로 봉투를 건네자 급히 봉투를 열고 악보를 꺼낸 카를로스가 허벅지 위에 악보를 올리고 몸을 숙여 집중하기 시작했다.

숨을 죽이고 카를로스의 반응을 살펴보던 병준이 시시각각 변하는 카를로스의 표정을 보며 긴장하기 시작했다.

'휴, 미리 들어봤지만 이런 음악을 카를로스가 하려고 할까? 기존의 몬타나의 색과는 너무도 다른데 말이야. 헉, 표정 변하는 거 봐. 까이면 또 미국에 다녀와야 하는 건가.'

숨을 쉬는 것도 잊어버렸는지 숨소리도 내지 않고 악보를 마지막까지 한 번에 읽어 본 카를로스가 마지막 음표를 보고 나서야 거친 숨을 토해냈다.

"허억, 헉, 허억."

숨을 몰아쉬던 카를로스가 긴장한 표정으로 자신을 보고 있는 병준을 보며 미소를 지었다.

"이거, 케이가 영감을 죽이려고 작정을 했군요, 악보를 보는 것만으로 이토록 숨이 막히다니 말입니다."

"그…… 그렇습니까? 어떻게…… 마음에 안 드시나요?"

"후후, 역시 그렇군요."

병준이 그럴 줄 알았다는 듯 어색하게 웃었다.

"그, 그렇죠? 아, 아무래도 이런 음악이니 말입니다."

"하죠."

"예, 예. 그러니까 몬타나의 색과는 너무 다르…… 예?"

병준이 놀란 표정으로 카를로스를 보자 그가 시원한 웃음을 지으며 소파에 등을 기댄 후 다리를 꼬았다.

알이 굵은 반지를 낀 손을 무릎 위에 올린 카를로스가 말했다.

"분명 당신 말대로 이 곡은 몬타나와 어울리지 않습니다. 또, 지금까지 걸어왔던 나의 길인 라틴 록도 아닙니다. 굳이 말하자면 스래쉬 메탈과 하드코어가 섞인 장르라고 하면 되겠군요."

"스, 스래쉬…… 하드코어요?"

"음…… 좀 쉽게 말하자면 Metallica와 Rage Against The Machine의 음악을 합친 것 같은 느낌이라고 생각하면 됩니다. 악보 처음에 튜닝이 D 드랍으로 되어 있죠? 이것은 Metallica의 'Sad But True'라는 곡에서 사용하던 다운 튜닝입니다. 물론 다른 뮤지션들도 자주 사용하지만 정 튜닝보다 무겁고 낮은음이 나죠."

병준이 전문용어가 나오자 알아듣지 못하고 우물쭈물했지만, 그가 알아듣든 말든 자신의 생각을 말하고 있는 카를로스는 말을 멈추지 않았다.

"거기에 여기 BPM을 보세요. 무려 190입니다. 이건 'Master of puppets' 같은 빠른 곡이라는 뜻이죠. 이렇게 낮은 튜닝에 엄청나게 빠른 스피드의 곡은 몬타나에게 어울리는 곡은 아니긴 합니다."

"아…… 예. BP…… 예."

"또, 베이스와 드럼 파트를 보면 메탈리카와 달리 매우 그루 브하죠? 이것은 듣는 이로 하여금 매우 리드미컬하다는 느낌을 받게 합니다. 이 스케일은 레이지 어겐스트 더 머신의 느낌이네요. 물론 조금 다르긴 하지만 말이에요."

"아…… 그, 그렇군요."

"음 그리고 여기 Verse가 넘어가는 부분에 BPM 이 바뀌는 부분의 리듬은 마치 레이지 어겐스트 더 머신의 'killing in the name' 같군요."

병준이 전문용어와 록 뮤지션 명이 난무하는 설명에 어지러움을 느끼고 머리를 매만지며 말했다.

"아, 예……. 그, 그렇군요. 그런 왜 하신다는 겁니까, 선생님?"

카를로스가 악보를 테이블 위에 올려둔 후 미소를 지었다.

"대단한 음악이니까요. 놀랍네요, 정말."

얼빠진 표정을 짓고 있는 병준을 본 카를로스가 일어나며 자신의 기타를 케이스에서 꺼냈다.

"당장 연주하지 않으면 못 견딜 것 같은 엄청난 음악이니까요! 음악을 하는 이가 이런 음악을 만나고도 색깔이 맞지 않다고 거절한다면 그건 음악을 하는 사람이 아닐 겁니다! 대단해요, 정말 대단합니다!"

병준이 품속에서 계약서를 꺼내 들어 보이며 조심스럽게 말했다.

"아, 그럼 선생님 계, 계약서를 써주셔야……."

카를로스가 기타를 어깨에 매고 악보를 든 채 녹음 부스로 향하며 손을 휘저었다.

"나중에요. 지금은 일단 이 음악을 연주해 보고 싶네요. 조금만 기다려 주세요."

"아……. 예, 선생님. 알겠습니다."

녹음 부스로 들어가 헤드폰을 쓰고 눈을 감은 채 기타 연주를 시작하는 카를로스를 본 병준이 안도의 한숨을 쉬었다.

앰프에 헤드폰이 연결되어 있었기에 카를로스의 연주가 들리지는 않지만 집중하는 표정으로 가이드 CD를 따라 연주를 하고 있는 그의 표정에는 만족감이 떠올라 있었다.

그제야 마음을 놓고 소파에 등을 기댄 병준이 볼록한 배 위에 깍지 낀 손을 얹은 후 조금 느긋한 표정을 지었다.

'휴, 잠시지만 완전 긴장했네. 한고비 넘었다.'

벌컥.

편한 자세로 앉아 있던 병준이 문 열리는 소리에 황급히 자세를 바로 했다. 녹음 부스에서 고개를 내민 카를로스가 의아한 표정을 지으며 물었다.

"저기, 가이드 CD에 녹음된 것과 악보가 조금 다른데 어떻게 된 거죠?"

병준이 당황한 표정을 지으며 허둥거렸다.

"어? 그, 그럴 리가요. 케이가 직접 녹음한 것인데……."

"음, 그래요? 뭔가 실수가 있었나 보네요. 악보 쪽이 더 좋은 것을 보니 가이드 CD가 잘못되었나 봅니다. 알겠습니다, 악보 쪽이 정확하겠죠. 조금 기다려 주세요."

"예, 옙! 알겠습니다, 선생님."

카를로스가 다시 녹음 부스 안으로 들어가자 다시 작게 한숨을 쉰 병준이 식은땀을 닦았다.

'건이가 이런 실수를 하는 애가 아닌데…… 밤 새서 작업했다고 하더니 정신을 놓고 녹음했나 보구나. 그러니 악보는 정상인데 가이드 CD에만 문제가 있었던 거겠지. 완벽주의자 녀석인 줄 알았더니 의외로 이런 실수도 하는구나, 하하.'

병준이 약 삼십 분가량을 밖에서 기다리고 있자 바깥쪽 문이 열리며 깔끔하게 씻고, 면도까지 하고 온 케빈이 들어오며 말했다.

"아, 실장님. 계약은 하셨나요?"

병준이 사인이 되지 않은 계약서를 들어 보이며 고개를 저었다.

"아니요, 곡부터 보자고 하셔서 기다리고 있습니다."

케빈이 녹음 부스 안에서 헤드폰을 쓰고 있는 카를로스를 힐끔 본 후 고개를 끄덕였다.

"그럼 저도 잠시 가서 확인하고 올게요."

"그래요. 시간은 충분하니 천천히 보세요."

케빈이 녹음 부스의 문을 열자 연주를 하고 있던 카를로스가 헤드폰을 벗고 케빈을 위아래로 본 후 웃음을 지었다.

"그래, 잘 씻고 왔군."

"하하, 누가 들으면 손자한테 잔소리하는 할아버지인 줄 알겠어요, 카를로스."

"후후, 케이에게 음악이 왔다."

"아까 들었어요. 어때요?"

카를로스가 엄지 손가락을 추어올리며 말했다.

"말해 뭐 해?"

케빈이 반색하며 헤드폰을 집어 들었다.

"좋아요?"

카를로스가 이를 드러내고 웃으며 말했다.

"케빈, 너 나랑 베틀 붙어야 할 거다."

헤드폰을 든 채 멈칫한 케빈이 의아한 눈으로 물었다.

"베틀이라니요?"

카를로스가 케빈을 노려본 채 입꼬리를 올리며 악보를 들어 보였다.

"자칫하면 서로에게 잡아 먹히는 곡이거든. 기타와 베이스가 끊임없이 서로를 잡아먹으려고 싸우는 곡이야. 나한테 잡아 먹히지 않으려면 또 며칠은 밤을 새워야 할 거다. 하하하."

케빈이 울상을 짓다가 가이드 CD의 플레이 버튼을 누르고 헤드폰을 썼다. 첫 음이 나오는 순간부터 헤드폰을 꽉 눌러 귀에 붙인 케빈의 눈이 점점 커졌다.

가이드를 듣고 있는 케빈을 보며 미소를 짓던 카를로스의 눈에 어느 순간 헤드폰을 집어 던지며 포효하는 케빈이 들어 왔다.

"대박이다!"

♪♪

연습실을 나와 차가운 겨울의 바람이 불어오는 골목에서 몸을 움츠리고 담배에 불을 붙인 병준이 건에게 전화를 걸었다.

신호가 대여섯 번 간 후 조금 생기 있어진 건의 목소리가 전화기를 타고 흘러나왔다.

"여보세요?"

"어, 건아. 좀 잤냐?"

"네, 형. 일어난 지 한 시간 정도 됐어요."

"그래, 잘했다. 여기 멕시코고, 방금 카를로스 선생님에게 악보를 전달했어."

"그래요? 뭐라고 하세요?"

"한다고 하시지. 그…… 뭐 어려운 말을 잔뜩 하셔서 반도 못 알아들었다. BPM이 어쩌고, 메탈리카가 어쩌고, 튜닝이 어쩌고 하긴 했는데 기억도 안 나."

"하하, 그랬군요. 어쨌든 하신다니 다행이네요."

"그런데 말이다. 너 가이드 녹음할 때 실수했나 보더라."

"예?"

"그…… 악보랑 가이드 CD가 조금 다르다고 하던데?"

"그럴 리가요?"

"카를로스 선생님이 직접 말씀하신 거야. 악보 쪽이 더 좋다고 그게 맞을 거라고 하시더라고."

"어……. 그거 잘못하면 음악 감정이 완전히 달라질 텐데…… 아, 카피본을 안 만들어놔서 확인을 못 하겠네요. 형, 제가 내일 멕시코로 갈 테니까 카를로스에게 바로 보컬 라인 녹음하자고 해주실래요? 악보 확인할 겸 가서 바로 녹음도 떠버리면 되니까요."

"그럴래? 음…… 그럼 난 돌아가야 하는데 어쩌지? 시즈카 스케줄 때문에 오늘 저녁 비행기로 돌아가려고 했거든."

"아, 그럼 저 혼자 가죠. 문자로 연습실 주소만 찍어주세요."

"음…… 좀 걱정되는데……?"

"하하, 제가 애도 아니고 뭘 걱정해요. 키스카 좀 잘 부탁드려요. 며칠 걸릴지 모르니까."

"헉! 아, 아니야! 너 올 때까지 집에 안 갈래! 호텔에서 잘 테다!"

"하하, 그러지 말고요. 키스카 외로워하잖아요."

"아침마다 명치 밟히는 기분을 네놈이 아느냐! 네가 없으면 아침마다 너 내놓으라고 배 위에 올라와서 밟아댄단 말이야, 자다가 밟히면 더 아픈 것 같다고."

"푸하하, 뭐에요. 우리 키스카가 얼마나 귀엽고 착한데요."

"……너한테만 귀엽고 착한 거야, 이놈아. 시즈카한테는 개가 얼마나……."

"예? 시즈카요?"

"아, 아니다. 말이 헛나왔네. 어흠. 뭐 하여튼 내일 온다는 거지?"

"네, 형. 그런데 시즈카 이야긴 뭐……."

"그, 그렇게 전하마! 그럼 끊는다!"

"형? 여보세요? 형?"

끊어진 전화기를 보며 인상을 쓴 건이 별채 소파에 드러누우며 전화기를 옆으로 던졌다.

"뭐라는 거야?"

다음 날.

키스카가 일어나기 전에 레드 케슬을 나온 건이 비행기를 타고 멕시코 시티에 도착했다. 잠시 공항에서 소란이 일어날 뻔했지만, 사인과 사진을 남겨주는 것으로 소란을 잠재운 건이 택시를 타고 몬타나의 연습실에 도착했다.

택시에서 캐리어와 기타를 꺼낸 건이 연습실 문에 노크를 하려는 찰나 문이 벌컥 열리며 케빈이 얼굴을 내밀고 반가운 표정으로 양팔을 벌렸다.

"케이! 왔구나!"

자신을 안아주는 케빈에게 웃어준 건이 물었다.

"나 온 거 어떻게 알았어?"

케빈이 어깨동무를 하며 건을 잡아끌었다.

"하하, 어제 실장님이 너 오늘 온다고 해서 얼마나 기다렸는데. 택시 소리 들리자마자 나왔지. 하핫."

"후후, 그랬구나. 카를로스는?"

"어, 안에서 기다리고 계셔. 드럼 세션도 와 있고."

"세션도? 보컬 라인만 녹음하면 되는데 뭘 그렇게까지 했어?"

케빈이 건의 어깨를 툭툭 치며 웃었다.

"카를로스가 원작자의 레슨을 받고 싶대. 그래서 드러머도 데려왔어. 들어가자!"

케빈의 안내를 받아 연습실로 들어간 건의 눈에 녹음 부스 안에서 드러머에게 한참 뭔가를 가르치고 있는 카를로스가 들어왔다.

"그게 아니야, 호세. 여기에서는 BPM이 달라져야 한다고 몇 번을 말해?"

뭔가 답답해하는 카를로스의 눈치를 본 케빈이 녹음 부스의 문을 살며시 열며 고개를 내밀었다.

"저기…… 케이가 왔는데요."

답답한 표정을 짓던 카를로스가 금방 반색하는 표정으로 바뀌며 케빈을 밀어내고 웃음을 지었다.

"오! 케이! 왔구먼!"

"하하, 카를로스. 잘 되고 있어요?"

"휴, 네가 안 와서 그런지 엉망진창이지 뭐. 들어와."

카를로스의 손에 이끌려 녹음 부스로 들어온 건이 드럼에 앉아 헤드폰을 끼고 인상을 찌푸리고 있는 멕시코계 중년인에게 눈으로 인사를 건넸다.

드러머는 건을 보자마자 반색하며 헤드폰을 벗고 악수를 청했다.

"오, 반갑습니다, 케이. 호세 알라니스 입니다. 만나게 되어 영광입니다."

건이 호세의 손을 맞잡으며 웃었다.

"반갑습니다, 호세. 케이입니다."

"하하, 안 그래도 카를로스의 잔소리 때문에 죽어가고 있었는데 잘 되었네요. 케이에게 좀 배우고 나면 욕을 덜 먹게 되겠죠? 하하."

"후후, 그건 해봐야겠죠."

건이 카를로스를 향해 고개를 돌리며 물었다.

"그런데 악보가 가이드 CD와 다르다고 하던데. 무슨 말인가요?"

카를로스가 생각났다는 듯 악보를 건네준 후 헤드폰을 내밀었다.

"어, 한번 들어봐. 그런데 별일은 아니야. 누가 봐도 악보가 제대로 된 것이라는 것을 알겠더군. 들어보니 밤을 새워서 작업했다지? 흔히 하는 실수들이지. 그냥 악보대로 하면 돼."

건이 카를로스에게 악보를 받은 후 살펴보다 표정이 굳어졌다. 아무 말 없이 악보를 넘겨보고 있는 건의 표정이 심상치 않음을 감지한 케빈이 조심스럽게 물었다.

"왜 그래? 무슨 문제라도 있어?"

건이 자주색 테두리가 그려진 음표에 손가락을 올리며 문질렀다.

"이건…… 뭐지?"

카를로스가 다가와 함께 악보를 보며 물었다.

"악보에 뭐 묻었나? 조심스럽게 다뤘는데."

"아니, 그게 아니라…… 잠깐 연습하고 계세요. 저는 악보를 좀 더 살펴봐야겠어요."

건이 부스 밖으로 나가자 남겨진 세 사람이 서로를 바라보다가 어깨를 으쓱하고는 다시 연습에 몰두하기 시작했다. 녹음 부스 밖으로 나온 건이 사무실 테이블에 악보를 올려놓고 턱을 괴었다.

'뭐지? 자주색 테두리라니. 처음 보는 건데……'

건이 가져온 기타 케이스에서 하쿠를 꺼내 악보가 가리키는 음을 연주했다.

곡의 반쯤 연주를 해본 건이 한숨을 쉬었다.

'처음 만들어 낸 곡보다 좋다! 무슨 이유지? 내가 뭘 한 걸까?'

건이 머리를 벅벅 긁으며 생각에 잠겼다.

'나는 붉은색으로 가득한 음표를 그렸어. 그런데 이 악보에는 여덟 마디에 하나 정도의 음표에 자주색 테두리가 그려져 있다. 어떻게 된 거지? 아니, 그것보다 이 테두리는 어떻게 만들어내는 거야? 정말 내가 잠결에 이런 걸 만들어낸 거라고?'

건이 다시 고민스러운 표정으로 턱을 괴고 악보를 내려다보았다.

'알아내야 해, 테두리를 그리는 법을. 잠결이든 뭐든 이건 내가 만든 음악이야. 다시 이런 음악을 만들어내기 위해서라도 반드시 방법을 알아내야 해.'

건이 녹음 부스로 달려가 케빈에게 물었다.

"케빈, 여기 복사할 수 있어?"

베이스 기타를 매고 연습하던 케빈이 사무실 컴퓨터를 가리켰다.

"어, 저 PC 옆에 복합기로 할 수 있어. 왜?"

"아냐!"

건이 재빨리 복합기에 악보를 넣고 복사를 눌렀다. 넉넉하게 열 부가량의 악보를 복사한 후 원본을 가방에 넣은 건이 복사한 악보를 가지고 녹음 부스로 들어가며 눈을 빛냈다.

'일단은 녹음부터. 원본이 되는 악보를 가지고 돌아가 연구해야겠다.'

밴드 멤버들은 건이 들어오자 연습을 멈추고 기대에 찬 표정으로 시선을 모았다.

건이 복사한 악보를 나누어주며 말했다.

"원본은 문제가 좀 있는 것 같아서 제가 가져가야 할 것 같아요. 여기 복사본이고요, 연습 시작해 볼게요. 카를로스부터 한번 볼까요?"

원본을 가져간다는 건의 말에 아쉬운 입맛을 다신 카를로

스가 미리 연습해둔 곡의 연주를 시작했다. 빠른 BPM 의 속
주로 시작되는 곡은 Verse 1을 지나며 리드미컬해졌다.

드럼도, 매트로놈도 없었지만, 관록으로 정확한 박자를 타
며 연주하고 있는 카를로스를 흡족한 눈으로 보던 건이 고개
를 끄덕였다.

"역시 카를로스네요."

건이 인정해 주자 미소를 짓던 카를로스가 다시 인상을 굳
히고 자신의 발 앞에 있는 디스토션을 발로 찼다.

"그런데 이놈에 디스트 컨트롤이 안 되니 미치겠어!"

건이 굴러오는 디스토션을 주우며 웃음을 지었다.

"하하, 맑은 소리로 연주하는 것을 즐기셨으니까 그럴 수도
있죠."

건이 디스토션을 들어 Drive 를 7.6으로 맞추고 Lo를 8, Hi
를 3으로 맞추었다. 마지막으로 Level 을 6으로 맞춘 건이 디
스토션을 내밀었다.

"자, 이게 제가 구상했던 음이에요. 디스토션이 SM7이라 Lo
를 조금 더 올렸어요. Boss 제품이었다면 7이면 될 테지만요."

카를로스가 건이 내민 디스토션을 받아 들고 확인 후 수첩
을 꺼내 수치를 기록하며 물었다.

"후우, 가뜩이나 D 드랍 튜닝인데 Drive 7.6이면 엄청 무거
운 소리겠군."

카를로스가 디스토션의 인 풋에 잭을 연결하고 기타에 꽂는 것을 확인한 케빈이 자신의 기타를 내밀며 말했다.

"난?"

건이 조용히 웃으며 고개를 저었다.

"넌 네가 직접 찾아."

케빈이 울상을 지으며 소리쳤다.

"왜! 왜 나만 차별해?"

건이 진중한 표정으로 바꾸며 나직한 음성으로 말했다.

"그래야 늘어. 난 제대로 된 베이시스트가 된 케빈이 보고 싶으니까."

"으헉…… 저 부담되는 눈빛! 난 죽었다 어휴!"

엄살을 부리고 있지만 건의 따뜻한 마음이 충분히 전해졌는지 케빈의 얼굴에 미소가 감돌았다.

멤버들이 다시 조율을 하며 준비하고 있는 것을 보고 있던 건이 악보를 말아 쥐고 손바닥을 치며 말했다.

"자, 이번에는 베이스와 기타가 함께 갈게요. 첫 부분 베이스 솔로부터 가보자, 케빈. 카를로스? 케빈의 솔로 지도와 제대로 된 소리를 찾으려면 시간이 좀 걸릴 테니 잠시 쉬고 계세요."

카를로스가 두말 없이 간이 의자에 앉아 기타를 내려놓는 것을 본 건이 케빈을 보며 사악한 미소를 지었다.

"자, 내 친구 케빈? 가볼까?"

"으허어어억! 알았어! 제길!"

"자 시작해 봐."

눈을 기타의 현에 둔 케빈이 고개를 숙이고 몸을 낮추며 빠르면서도 그루브한 베이스 솔로의 연주를 시작하자 즉시 건의 호통 소리가 터져 나왔다.

"No! 케빈, 소리가 안 어울려, 톤 더 올려!"

바로 톤을 조절하고 몇 번 현을 튕겨본 케빈이 연주를 시작하자 다시 건의 소리가 터져 나왔다.

"No! 첫 박이 엇박이잖아. 다시!"

두두둥.

"No! 케빈, 미들 무브 더 올려!"

두두두두두 두둥.

"No! 케빈, 트러블 2 톤 더 내려!"

두두두둥!

"No! 케빈, 픽업 밸런스가 안 맞아. 다시 조절해!"

"끄아아아악! 카를로스보다 더하잖아, 이놈은!"

케빈이 비명을 질러대는 것을 보고 실소를 짓던 카를로스가 일어나 호세에게 고갯짓했다.

"하는 꼴 보니 밤을 새워야겠군. 잠시 나가서 요기나 하고 오지."

다음 차례가 자기라는 것을 알고 있던 호세가 식은땀을 흘리며 얼른 카를로스와 함께 녹음 부스를 나섰다.

♪♪♩

카를로스와 호세가 다시 연습실로 돌아온 것은 세 시간이 넘게 지난 다음이었다.

건이 케빈에 대한 하드 트레이닝을 하는 것에 방해를 주지 않으려 했던 두 사람은 조금 기다리면 건에게서 전화가 오겠거니 라는 마음으로 느긋한 식사 후 분위기 좋은 노천 카페에서 커피까지 마시며 한가로운 오후를 즐기다가 아무리 기다려도 연락이 없어 돌아온 것이었다.

방해가 되지 않으려고 조심스럽게 연습실 문을 연 카를로스가 귀를 찢을 듯 터져 나오는 베이스 속주를 듣고 짙은 미소를 지었다.

"크크, 딱 세 시간 만에 전혀 다른 연주가 나오고 있구먼. 안 그래, 호세?"

호세가 놀란 표정으로 케빈의 연주를 듣고 있다가 울상을 지으며 자신의 얼굴을 가리켰다.

"이, 이제 내 차례인가?"

카를로스가 긴장해 보이는 호세의 등을 치며 웃음 지었다.

"이 친구 보게! 하핫, 세 시간쯤 참으면 자네도 이런 연주가 가능한데 흥분되지 않는가?"

호세가 마른침을 삼키며 연습실 안쪽을 기웃거렸다.

"그건 그런데…… 아까 케빈에게 트레이닝을 하는 것을 봤잖아. 내가 따라가면 그나마 다행이지만 그러지 못한다면 케이가 폭발해 버릴까 봐 그러지."

"후후, 그런 녀석 아니야. 네가 못한다고 해도 끝까지 하게 만들어줄 녀석이니 걱정 말고 들어가자고, 후훗"

카를로스와 호세가 연습실 안으로 들어가 창문 너머 녹음 부스에서 열정적인 연주를 하고 있는 케빈을 보았다.

세 시간이 넘는 트레이닝이 있었지만, 그의 표정은 지쳐 보이기보다는 오히려 즐거워 보였다.

서서 연주를 하는 케빈의 앞 간이 의자에 앉아 다리를 꼬고 악보를 말아 쥔 손을 박자에 맞게 흔들어대는 건의 표정 역시 처음보다 훨씬 나아져 있는 것을 본 카를로스가 팔짱을 끼고 고개를 끄덕였다.

"훨씬 들어줄 만하군."

호세 역시 카를로스와 나란히 서서 고개를 끄덕였다.

"음, 확실히. 베이스 멜로디 라인이 이렇게 그루브한 곡이었군."

긴장한 표정으로 부스를 보고 있는 호세와 녹음 부스 안에 있던 건이 눈을 마주쳤다.

호세가 움찔하며 몸을 굳히자 창문 너머에 있던 건이 손을 흔들며 들어오라는 신호를 보내는 것이 보였다.

울상을 지은 호세가 카를로스를 보자 그가 웃으며 고갯짓했다.

"이제 자네 차례인가 보군. 들어가 봐. 하핫."

"크, 알았어. 다녀오지."

호세가 녹음 부스 문을 열고 들어가자 케빈의 연주를 멈추게 한 건의 목소리가 들렸다.

"카를로스! 오늘은 두 사람 연습만 해도 시간이 모자랄 것 같으니, 내일 오전에 오실래요?"

건의 말에 고개를 돌려 카를로스를 보는 호세의 표정이 울기 직전으로 바뀌는 것을 본 카를로스가 팔짱을 풀며 소리쳤다.

"하하, 그래 알았어. 하드하게 부탁해! 둘 다 연습이 많이 필요하니까! 그럼 내일 보자고."

"네! 들어가세요!"

카를로스가 의리도 없이 자신의 기타를 챙겨 횡하니 나가버리는 것을 본 호세가 머뭇거리며 녹음 부스로 들어왔다.

단발머리가 온통 땀에 젖어 사우나 안에 들어온 것 같이 변한 케빈을 힐끔 본 호세가 드럼에 앉으며 물었다.

"그럼 이제 바통 터치인가?"

호세의 말에 케빈이 밝은 표정으로 건을 보았지만, 사악한 표정의 건을 보고는 곧 몸이 굳어졌다. 건이 두 사람을 번갈아 보며 씨익 웃었다.

"아니요, 베이스와 드럼은 남편과 와이프 같은 사이잖아요. 거기에 드럼은 모든 연주의 중심이니 베이스가 드럼 연습 때 맞춰서 연주해 보는 것이 당연합니다. 호세의 연습 때는 케빈도 함께할 거예요."

케빈의 표정이 일그러졌지만 이내 신색을 회복하며 미소를 지었다.

"난 아직 괜찮아. 해보자고."

건이 미소를 지으며 자리에서 일어났다.

"연습은 연습이고, 10분만 쉬자고. 너도 세 시간 동안 한 번도 안 쉬고 했으니 말이야."

건이 녹음 부스를 나가자 얼빠진 표정을 짓던 호세가 기타를 내려놓고 있는 케빈에게 물었다.

"세…… 세 시간 동안 한 번도 안 쉬고 했어?"

케빈이 옷으로 얼굴에 땀을 닦으며 미소 지었다.

"네, 그랬어요."

"헐…… 안 힘드냐? 나한테도 그렇게 시킬까?"

케빈이 이를 드러내고 웃었다.

"아마도요? 카를로스와 함께한 연습은 비교도 안 될 겁니다. 후훗, 하지만 제 연주 들으셨죠? 확실히 개선되니까 제대로 따라와 보세요."

호세가 스틱을 빙빙 돌리며 고개를 끄덕였다.

"음. 그러지. 그런데 안 힘들어?"

케빈이 부스 문을 열고 나가며 말했다.

"힘들어요. 그런데 곧 호세도 알게 될 거예요. 이 곡의 힘을."

"엉? 곡의 힘?"

"연주하면 할수록 뭔가 시원한 느낌이 들어요. 뭐랄까……정신적 카타르시스랄까요? 산 정상에 올라가 고래고래 소리를 지르며 한바탕 욕을 하고 난 기분? 뭐 그래요. 그리고 연주가 완성되어 갈수록 그 기분은 더 또렷하게 느껴지고요. 그래서 조금 더 연습하는 것을 스스로 원하게 되는 시기가 올 거예요. 제 경우에는 30분 전에야 겨우 그런 느낌이 왔지만. 저보다 더 오랜 기간 드럼을 연주했던 호세라면 좀 더 빨리 느끼실 거예요. 하하, 전 땀을 너무 흘려서 찬 바람 좀 쐬며 땀 좀 말리고 올게요."

케빈의 말을 이해하지 못한 호세가 혼자 남겨진 부스에서 심각한 표정으로 바뀌었다.

"정신적 카타르시스? 좀 더 연습하길 바라게 된다고?"

혼자 남은 호세의 눈이 빛났다.

잠시 고민하던 호세가 헤드폰을 쓰고 악보를 처음부터 다시 읽어보기 시작했다.

♪♪♩

다음 날.

오전에 찾아오라는 건의 말에 오랜만에 아침 일찍 일어난 카를로스가 연습실을 찾았다.

세 사람 다 어제 늦은 시간까지 연습했을 것이라는 생각에 맛 좋은 샌드위치와 커피를 테이크 아웃 해서 연습실 문을 연 카를로스의 눈에 가장 먼저 들어온 것은 연습실 소파와 간이 침대에 널브러져 있는 호세와 케빈의 잠든 모습이었다.

어찌나 하드한 연습이었는지 카를로스가 온 것도 모르고 코를 골고 자고 있는 케빈과 악몽을 꾸고 있는 듯 이를 갈아대고 있는 호세를 본 카를로스가 헛웃음을 지었다.

조용히 테이블 위에 가져온 음식과 커피를 내려놓은 카를로스가 녹음 부스를 보자 창문 너머에 혼자 앉아 악보를 보고 있는 건이 보였다.

커피 두 잔을 꺼내 녹음 부스 문을 열자 뭔가 집중하고 있던 건이 고개를 들었다.

"아, 카를로스 왔어요?"

카를로스가 커피 한 잔을 내밀며 웃었다.

"수고가 많아."

건이 웃으며 커피를 받아 들었다.

"고마워요, 카를로스. 잘 마실게요."

카를로스가 한 손에 커피를 들고 건이 의자에 앉으며 건이 보고 있는 악보를 보았다.

"뭔가 고칠 것이라도 있어? 뭘 그렇게 봐?"

뜨거운 김이 나는 커피를 한 모금 마신 건이 미소를 지으며 악보를 옆으로 치웠다.

"아, 개인적으로 좀 더 연구해야 할 부분이 있어서요. 고칠 건 아니에요."

"그래? 그렇게 매일 연구하니 하루가 다르게 발전하는 것이겠지. 솔직히 놀랐어. 나와 롤라팔루자 페스티벌에 나갈 때만 해도 이 정도는 아니었는데 말이야. 물론 그때도 대단했지만."

"하하, 비행기 태우지 마세요."

"후후, 입에 발린 소리가 아니야."

카를로스가 건이 치워둔 악보를 들어 넘겨보며 말했다.

"그런데 가사는? 악보에 가사는 안 적혀 있더군. 제목도 없고 말이야."

건이 미소를 지으며 입을 열려 하다가 장난스러운 표정으로 물었다.

"제목 한번 맞춰볼래요?"

카를로스가 황당한 표정으로 말했다.

"내가 점쟁이야? 네가 만든 곡 제목을 어떻게 알아?"

"히히, 연주해 보셨잖아요? 연주하실 때 느꼈던 감정을 단어로 표현해 보면 되죠."

카를로스가 건을 뚫어지게 보다가 악보를 힐끔 보고는 조심스럽게 입을 열었다.

"내가 느낀 감정은…… 분노, 격노, 증오, 그리고 애증이었어."

건이 눈썹을 꿈틀했다.

"애증이요?"

"응, 상대를 증오하고 있지만 반대로 사랑하고 있는 것 같은 느낌이랄까? 물론 그것보다는 분노와 격노가 더 강한 감정선을 타고 있기는 하지만 말이야. 내가 말한 단어 중 제목과 가까운 것이 있어?"

건이 잠시 고민스러운 표정을 짓다가 이내 고개를 끄덕이며 말했다.

"격노(Fury)."

카를로스가 반색하며 웃었다.

"역시, 감정이 제대로 실린 곡이었군!"

건이 기뻐하는 카를로스를 보면서 복잡한 표정을 지었다.

'애증? 애증이라…… 인간의 감정이란 복잡해서 한 가지 감정만으로 설명되지 않는 감정도 많다. 애증이란 감정은 애정과 증오가 합쳐진 단어지. 그렇다면 붉은색에 자주색 테두리의 음표가 나타내는 감정은 애증이란 건데…… 감정의 합을 마디의 변화 없이 하나의 음표에 담는 것이 가능하다는 것이구나.'

감정선의 흐름을 마디의 변화에 따라 스토리를 써 내려가듯 작곡했던 지금의 방식에서 한 단계 더 발전할 수 있는 단서를 얻은 건이 생각에 빠지자, 프로 뮤지션답게 건이 뭔가 발전하기 위한 과정에 돌입한 것을 눈치챈 카를로스가 커피를 들고 조용히 일어나 녹음 부스 밖으로 나갔다.

자신이 나간 줄도 모르고 심각한 얼굴로 바닥에 시선을 던지고 있는 건을 창문 너머로 보던 카를로스가 커피를 한 모금 마신 후 소파에 앉았다.

잠이 든 호세가 이를 갈며 잠꼬대를 하는 것을 들은 카를로스가 실소를 흘렸다.

"으음…… 미, 미안해…… 처음부터 다시 할게……."

간이침대에 옆으로 누워 기절한 듯 자고 있는 케빈이 몸을 돌리며 잠꼬대를 받아쳤다.

"음냐, 카를로스보다 더한 놈아……. 날 죽일 셈이냐……."

계속 웅얼거리는 두 사람의 말에 귀를 기울이며 소리 죽여

웃던 카를로스가 필사적으로 소리를 내지 않으려고 입을 막았지만, 웃음을 참을 수 없었던지 킥킥 소리를 내며 웃기 시작했다.

웃으면서도 혹여 피곤에 절은 두 사람이 깰까 봐 눈치를 보던 카를로스가 한참이 지나서야 진정이 되었는지 소파에 등을 기대고 커피 한 모금을 마셨다.

♩♫

잠이 든 두 사람은 약 한 시간이 지나서야 눈을 떴다. 일어나자마자 세수도 하지 않고 손바닥으로 얼굴을 몇 번 내려친 케빈이 밝은 얼굴로 말했다.

"카를로스! 어젯밤에 연습한 효과를 보여 드리죠! 들어 오세요!"

뭔가 자신에 찬 듯한 케빈을 흐뭇한 눈으로 보던 카를로스에게 드럼 스틱이 내밀어졌다.

카를로스가 고개를 돌리자 그의 얼굴 쪽으로 드럼 스틱을 내밀고 있는 호세가 케빈보다 더 자신에 찬 표정으로 말했다.

"오늘 연습부터는 카를로스 네 녀석이 가장 분발해야 할 것이다!"

카를로스가 실소를 흘리며 두 사람과 함께 녹음 부스로 들어섰다.

어제 연습 후 기타의 세팅을 건드리지 않고 그대로 내려놓고 나갔는지 바로 베이스 기타를 어깨에 멘 케빈이 손가락을 까닥이는 것을 본 카를로스가 이를 드러내었다.

"크크, 어지간히 연습들 했나 보군. 자신감을 보니 말이야. 좋아, 가볼까?"

카를로스가 디스토션을 점검한 후 기타를 매자 건이 자리에서 일어나며 마이크 스탠드를 가져와 가운데 섰다.

그 모습을 본 케빈이 약간 기대를 가진 표정으로 물었다.

"어? 노래하려고?"

건이 동작을 멈추고 자신을 보고 있는 카를로스와 호세를 둘러 본 후 미소 지었다.

"응, 이제 어느 정도 연주가 올라왔으니까, 나도 연습해야지."

케빈이 호들갑을 떨며 양 주먹을 쥐고 흔들었다.

"오오! 드디어 가사를 들어보는 건가!"

카를로스가 진중한 표정으로 건을 보다가 눈을 마주치고는 살짝 고개를 끄덕였다. 건이 마이크 앞에 선 후 조용히 허공을 노려 보았다. 숨을 크게 몰아선 건이 마이크 위에 왼손을 얹으며 말했다.

"갑시다. Fury!"

Fury의 시작은 베이스 솔로였다.

그루브하지만 빠른 비트의 연주를 시작하는 케빈을 보던 건이 카를로스의 연주가 시작되자마자 손을 휘저으며 연주를 멈추게 했다. 모두 건의 손짓을 보고 연주를 멈추자 건이 케빈을 보며 말했다.

"카를로스의 연주가 들어오자마자 네 연주가 먹혀 버리잖아, 케빈."

케빈이 이해가 되지 않는다는 표정으로 물었다.

"베이스가 기타에 먹히는 건 당연한 것 아니야? 밴드에서 베이스는 중심을 잡아주는 드럼을 돕는 역할인데, 기타보다 튀면 어떡해?"

건이 팔짱을 끼고 케빈을 보다가 카를로스 쪽으로 고개를 돌렸다.

"카를로스도 그렇게 생각해요?"

카를로스가 기타를 매고 서 있다가 케빈에게 다가가 그의 이마에 손가락으로 딱밤을 날렸다.

"으헉!"

케빈이 금방 빨갛게 달아오른 이마를 매만지며 원망스러운 표정을 짓자 카를로스가 진중한 표정으로 말했다.

"악보를 보고도 몰라? 이 곡은 베이스와 기타가 싸우는 곡이야. 이해 안 돼?"

케빈이 손으로 이마를 비비며 소리쳤다.

"베이스와 기타가 싸우면 어떡해요! 조화로워도 시원치 않을 판에!"

"어허, 이놈 봐라. 연습했다더니, 스피릿은 어디다 팔아먹고 테크닉만 연습했나 보네. 이놈아 악보를 봤으면 곡 전체를 이해해야지. 너 이 악보 보고 뭘 느낀 거야?"

"뭘 느끼다니요! 겁나 멋있는 곡이죠! 무겁고! 빠르고! 폭발시키는 그런 곡이잖아요!"

카를로스가 다시 한번 딱밤을 날리자 고개를 뒤로 젖히고 한참 엄살을 피우는 케빈이었다.

그런 케빈을 본 카를로스가 피식 웃으며 설명했다.

"무겁고, 빠르고, 폭발시키다니. 네가 중학생이냐? 표현력이 그것밖에 안 돼? 감정을 단어로 제대로 표현해야지. 잘 들어, 이 곡이 말하는 것은 분노, 격노, 증오, 애증이다. 무겁고, 빠르고, 폭발시키는 게 아니고 이놈아."

진짜 이마가 아픈지 눈물을 글썽거리던 케빈이 의아한 눈으로 물었다.

"분노요? 격노? 증오, 애증?"

"그래, 그 분노와 증오의 표현이 너와 내 연주가 서로 잡아먹을 듯 싸우는 것으로 표현되는 것이야. 이해돼?"

케빈이 다시 몸을 바로 세운 후 보면대에 있는 악보를 뚫어져라 보았다. 잠시 그에게 시간을 주려는 듯 기다려 준 카를로스가 몸을 돌려 자신의 자리로 돌아간 후 건을 보고 고개를 끄덕였다.

눈짓으로 감사를 표한 건이 고민에 빠진 케빈을 기다리자, 잠시 후 악보에서 눈을 떼지 않고 케빈이 물었다.

"그럼 케이. 여기 보컬 라인이 들어가는 32마디 전까지 베이스 톤업이 되어 있는 이유가 기타 연주와 싸우듯 연주를 하라는 뜻인 거야?"

건이 살짝 고개를 끄덕였다.

"그냥 싸우는 것이 아니야. 머릿속으로 용과 호랑이가 싸우는 듯한 형상을 떠올려 봐."

케빈이 머릿속으로 장면을 떠올려 본 후 이상한 표정을 지었다.

"용이랑…… 호랑이가 싸움이 돼?"

건이 실소를 지으며 말했다.

"그냥 그런 이미지를 떠올리라고. 호랑이가 용만큼 크다고 생각하고, 용에게 날카로운 발톱을 휘두르는 것을 상상해 봐. 반대로 용은 그런 호랑이의 송곳니와 발톱을 피하며 불을 뿜어대는 것을 상상하면 될 거야."

케빈이 눈을 감고 장면을 떠올리려고 노력하는 것을 본 건이 말했다.

"자, 다시 가봅시다."

케빈이 연상된 이미지를 끊임없이 떠올리며 베이스 연주를 시작했다. 집중하던 카를로스의 기타가 무겁고 빠르고, 낮은 음을 토해내자 연습실 안에서 케빈과 카를로스의 기타에서 뿜어져 나오는 음표들이 서로 부딪혀 폭발하는 것을 느낀 케빈이 일순간 연주를 멈추어 버렸다.

덩달아 연주를 멈춘 호세가 허공을 멍하니 보며 중얼거렸다.

"진짜…… 보였어. 허공에서 음표들이 서로 부딪혀 폭발하는 환상이……."

건이 이를 드러내고 웃었다.

"바로 그거야, 케빈."

카를로스 역시 웃으며 초점 잃은 눈으로 허공을 보고 있는 케빈에게 말했다.

"이게 진짜 'Fury'라는 곡이다, 케빈."

케빈이 한참 동안 멍하게 있다가 화들짝 정신을 차린 후 기타의 넥을 잡고 황급히 말했다.

"다, 다시! 바로 다시 한번 갑시다!"

건이 살짝 고개를 끄덕인 후 호세 쪽을 보며 말했다.

"다시 갑니다!"

케빈이 자세를 낮추고 다리를 벌린 후 연주를 시작했고, 곧 카를로스의 기타라는 용이 불을 뿜었다.

뜨거운 화염을 정신없이 뿜어대는 카를로스의 연주에 지지 않으려는 듯 케빈의 연주가 날카로운 송곳니와 발톱을 허공에 휘갈겼다.

호세의 드럼이 전장에 진군하는 대군을 지휘하는 북소리같이 마음을 쿵쿵 울리며 모두의 심장박동을 조절하기 시작하자 건이 마이크를 잡고 허리를 뒤로 젖히며 포효했다.

"크아아아아아아아아아!"

눈을 감고 집중하던 카를로스의 눈이 떠지며 포효하고 있는 건을 놀랍다는 얼굴로 보았다.

'뭐, 뭐야! 이 소리는? 굵으면서도 찢어지는 듯한 포효라니! 이건 마치 적군의 깃발을 찢어버리고 튀어 나가는 검 같은 느낌이다!'

케빈은 온 힘을 다해 기타와 싸우고 있느라 건의 목소리에 귀를 기울일 여력이 없는지 연신 몸을 낮추고 카를로스의 기타를 노려보고 있었다.

잠시 후 치열한 전투 후 잠시 소강상태가 된 전장이 된 듯 기타가 몸을 웅크리고 여전히 적진을 향해 날카로운 이빨을 드러내고 있는 베이스가 무거운 음을 내자, 건이 마이크를 잡고 눈을 부릅떴다.

모든 아이의 이야기는 부모로부터 시작된다.

건의 낮고 무겁지만 포효하는 듯한 목소리를 시작으로 다시 몸을 움츠린 기타가 하늘로 날아올랐다.

구름을 뚫을 기세로 하늘 위로 날아간 용이 땅에서 무서운 표정으로 자신을 노려보고 있는 호랑이에게 용암보다 뜨거운 불길을 뿜어내자 건의 낮고 날카로운 목소리가 창공을 꿰뚫었다.

내가 아직 깊은 강물이 되기 전.

조그마한 웅덩이에 불과할 때.

내게 날아온 조그만 돌이 만든.

일렁이는 파문에 상처받아 몸을 웅크릴 때.

어느새 눈을 감고 땀을 흘리며 연주에 동화된 호세의 드럼이 가죽을 찢을 듯 요란하게 울려 퍼졌다.

건이 손에 든 악보를 바닥에 던지며 양손으로 마이크를 잡고 허리를 젖혔다.

너는 어디에 있었지?

너는 무엇을 했었지?

나는 너에게 바라기만 했었어.

너는 나에게 기대하기만 했어.

기타로 불을 내뿜어대던 카를로스의 이마로 굵은 땀방울이
흘러내렸다.

자신의 기타와 싸우는 것만으로 힘에 부치는 케빈과 달리
건의 목소리를 들을 여유가 있었던 카를로스가 속으로 끊임없
이 외쳐댔다.

'이런 목소리라니! 악마가 있다면 바로 이런 목소리일 거야!
하지만! 사악한 목소리가 아니다! 전장에서 싸우는 전사들을
홀리는 버서커의 목소리야! 더군다나 이 가사는 뭐야! 키스카
그 아이가 천재인 것은 알았지만, 이런 느낌의 가사까지 쓸 수
있었단 말이야?'

건이 충혈된 눈으로 녹음 부스의 천장을 바라보며 고통스러
운 표정으로 포효했다.

아들이 태어날 때 어머니가 위태롭고.

태생이 결정되면 아이가 위태로워.

고통! 마음속에 분노와 미움으로 인한 고통!

격노! 마음속에 분노와 미움으로 인한 격노!

증오! 마음속에 분노와 미움으로 인한 증오!

연주가 점점 클라이맥스로 향하자 조금의 여유라도 있었던 카를로스마저 여유를 잃고 몸을 낮춘 채 케빈의 베이스와 격렬한 전투를 이어 나갔다.

몸을 앞으로 숙이고 땅을 바라본 채 베이스 탐탐과 스네어를 미친 듯이 쳐대는 호세의 몸이 희열로 부들부들 떨렸다.

'이런 곡이었구나! Fury라는 곡은! 대단하다, 케이라는 뮤지션과 함께한다는 것은 이런 느낌이구나!'

건이 간이 의자에 오른발을 올리고 몸을 웅크린 채 양손으로 마이크를 잡고 외쳤다.

분노라는 기묘한 무기.
다른 무기는 사람이 사용하지만.
분노라는 무기는 우리를 사용해.
숨겨진 분노가 폭발하며.
마음속 용암을 분출한다.
고통! 마음속에 분노와 미움으로 인한 고통!
격노! 마음속에 분노와 미움으로 인한 격노!
증오! 마음속에 분노와 미움으로 인한 증오!

마침내 용과 호랑이의 격렬한 싸움이 끝나고 후퇴를 알리는 전장의 북소리와 같은 드럼 소리만이 녹음 부스를 채우자 낮은 목소리로 체념한 듯 읊조리는 건의 마지막 가사가 흘러나왔다.

노여움은 무모함을 지니고 시작하고
후회를 가지고 끝이 난다.

마지막 후퇴의 북소리가 울리고 곡이 끝났다.

여전히 몸을 앞으로 숙인 채 숨을 헐떡이고 있는 호세도, 경악한 눈으로 건을 보고 있는 카를로스도, 모든 전쟁이 끝나고 팔다리에 상처를 입고 쓰러져 쉬며 살아남은 것에 감사하고 있는 병사와 같은 표정을 짓고 있는 케빈도 모두 입을 열지 못했다.

힘없이 마이크를 늘어뜨리고 전쟁의 허무함을 느끼는 장수의 표정을 짓고 있던 건이 힘없는 웃음을 지으며 마이크를 입에 대었다.

"이런 곡이라…… 노래 한번 하면 좀 쉬어야 해요. 그래서 마지막에 마지막까지 노래하지 않은 것이죠. 후후"

눈가를 파르르 떨며 건을 보던 카를로스가 이마에서 흘러내린 땀이 눈으로 들어가자 팔을 들어 옷으로 땀을 닦으면서도 건에게서 눈을 떼지 못했다. 건이 마이크를 스탠드에 꽂은 후 힘없이 말했다.

"잠깐 쉬었다가 하시죠."

건이 녹음 부스 문을 열고 나가자 건의 움직임에 따라 눈동자만 따라가던 케빈이 기타를 맨 채 바닥에 털썩 주저앉았다.

"무…… 무슨 이런 곡이……."

아직 허리를 숙이고 헐떡대고 있던 호세가 바닥에 시선을 두며 중얼거렸다.

"이건 말도 안 돼. 이런 전쟁 같은 곡이 존재하다니."

카를로스가 두 사람의 말을 듣고 그제야 허리를 폈다.

5분 이상 자세를 낮추고 정신없이 연주하는 동안에는 관절이 내는 비명 소리에 신경을 쓸 틈이 없었지만, 정신을 차리고 나니 그 모든 고통이 한번에 몰려왔다. 카를로스가 어깨와 팔을 주무르며 연습실 밖 소파에 힘없이 주저앉아 있는 건을 보며 읊조리듯 이야기했다.

"이것이…… 아직 학생인 케이의 곡. 악보를 보고 대략 짐작을 했지만 직접 연주해 보니 정말 전장에 선 전사가 된 기분이었다."

카를로스가 복잡한 표정으로 건을 뚫어지게 보았다.

"아직 이십 대 초반. 그리고 아직 학생. 저 녀석이 진짜 날아오를 때 세상에는 과연 어떤 음악이 나오게 될까?"

카를로스의 중얼거림을 들은 케빈이 바닥에 주저앉아 힘없는 미소를 지었다.

"저 친구가 날아오를 때 그 옆의 그림자라도 되려면 일 분 일 초도 헛되게 보내서는 안 되겠죠?"

카를로스가 바닥에서 자신을 올려다보고 있는 케빈을 보고 피식 웃었다.

"이놈아, 넌 지금 몬타나의 베이시스트야."

케빈이 이를 드러내고 웃었다.

"아직은요."

카를로스가 기타 멜빵을 벗은 후 스탠드에 세웠다.

"그래, 아직은 인마. 푸하하."

케빈이 자리에서 힘겹게 일어나 바지를 털며 물었다.

"저 어땠어요?"

카를로스가 미소를 지으며 케빈의 어깨를 툭툭 쳤다.

"싸울 만했어."

"후훗."

"그래도 내가 이겼어."

"큭! 아직 승부는 안 난 것 같은……."

"시끄러, 아직은 내가 이겼어."

"큭! 젠장! 다시 한번 갑시다!"

"좋아, 덤벼 자식아, 아직 나 안 죽었어."

"이 늙어 빠진 용이!"

"젊기만 한 무식한 호랑이 주제에!"

"컥! 호세! 다시 한번 비트 줘요, 오늘 늙은 용 물어 죽일 테니!"

연습실 밖에서 다시 울리기 시작하는 연주를 들은 건이 희미한 미소를 지었다.

독일.

수도 베를린 프리드리히 슈트라세에 있는 두스만 다스 쿨투어카우프하우스(Dussmann das KulturKaufhaus).

세간에 문화 백화점이라고까지 불리는 이곳은 지하 1층부터 지상 4층까지 각종 서적과 음반 등 문화에 관련된 전반적인 물건들을 판매하는 곳으로 한국의 대형서점들은 동네 문방구로 느껴질 만큼 엄청난 규모의 백화점이었다.

이른 시간 아직 오픈 전의 백화점 앞에 1.5톤 트럭이 주차되어 있었고, 두스만 백화점의 로고가 그려진 하얀 폴로 티셔츠를 입은 덩치 좋은 남자 직원들이 트럭에서 박스들을 내리고 있었다.

허리춤에 손을 올리고 그 모습을 보고 있던 50대 남자가 큰 목소리로 소리쳤다.

"자자, 오늘 들어온 서적 중 미술사 관련된 서적이 있을 겁니다. 지하로 내려보내기 전에 서점 매니저에게 메인 전시장에 넣을 책을 선별하도록 해주세요. 혹시 음반도 신규로 나온 것이 있습니까?"

30대 초반으로 보이는 금발 남자가 한 박스에 Music이라고 기재된 것을 확인하고는 박스를 들며 말했다.

"여기 있습니다. 총 매니저님. 그런데 박스가 너무 가볍네요. 몇 개 안 되나 봅니다."

총 매니저라 불린 50대 남성이 고개를 끄덕이며 30대 초반의 남자가 가져온 박스 아래에 손을 넣고 위로 들어 올렸다.

가볍게 느껴지는 박스를 들어본 매니저가 입술을 내밀었다.

"디지털 음원들 때문에 음반 판매가 안 되다 보니 뮤지션들이 디지털 음원만 발표하는 경우가 많아져서 그래요. 무게를 보니 기껏해야 한두 개 앨범밖에 없나 보군요. 제바스티안이 실망하겠는데요? 가뜩이나 음반 매장 실적이 떨어져 어깨가 굽었는데 말입니다. 2층 음반 매장으로 올려보내요."

"네, 총 매니저님."

30대 남자가 너무 가벼운 상자 하나만 들고 가기 미안했는지, 옆구리에 작은 박스 하나를 더 끼우고 2층 음반 매장으로 향했다. 1층 서점은 많은 직원들이 부산하게 오가며 신간을 진열하거나 창고를 정리하고 있었다.

잠시 움직이는 사람들을 보던 남자가 2층으로 향하는 계단을 올랐다. 가벼운 박스 덕에 쉽게 계단을 올라간 남자의 눈에 1층과 달리 단 두 명의 직원들만이 청소를 하고 있는 음반 매장이 들어왔다.

남자는 청소를 하고 있는 둘을 보며 카운터에 앉아 있는 40대 남자에게 박스를 들어 보이며 웃었다.

"제바스티안! 새 음반이 나왔어요!"

카운터에 앉아 턱을 괴고 있던 제바스티안이 별 기대 없는 눈으로 카운터를 돌아 나와 손을 내밀며 말했다.

"새 음반이 나오면 뭐 해? 이러다가 음반 매장이 없어지게 생겼다고."

"하하, 그래도 계속 멋진 뮤지션들의 노래가 나오고 있잖아요. 대형 뮤지션들은 계속 앨범을 내고 있으니 대박이 날지도 모르죠."

제바스티안이 박스를 건네받은 후 몸을 돌리며 말했다.

"휴, 나도 모르겠다. 수고했어."

남자가 돌아가고 제바스티안이 카운터 위에 박스를 올리자 청소를 하고 있던 두 남자가 다가왔다.

두 남자 중 키가 크고 안경을 쓴 남자가 박스 위에 손을 올리며 물었다.

"제바스티안 매니저님. 신규 앨범이 나왔나요?"

제바스티안이 허리춤에 손을 올리고 박스를 바라보며 한숨을 쉬었다.

"그래, 마티아스. 휴. 얼마나 팔릴지는 모르지만 말이야."

키가 큰 마티아스 옆에서 대걸레를 세워 들고 있던 뚱뚱한 흑발의 남자가 안경을 추켜올리며 물었다.

"누구의 앨범인데요?"

제바스티안이 고개를 저은 후 뚱뚱한 남자를 아래위로 보았다.

"몰라, 그런데 율리안. 정복을 입어야지, 도대체 그놈의 카니발 콥스 티셔츠는 왜 맨날 입고 다니는 거야?"

율리안이 검은 바탕에 카니발 콥스의 로고가 그려진 티셔츠를 잡고 흔들며 웃었다.

"아직 오픈 전이잖아요. 청소할 때 정복을 입으면 더러워지니까요. 제가 가장 좋아했던 밴드이기도 하고요."

제바스티안이 율리안의 가슴에 새겨진 카니발 콥스의 로고를 보며 물었다.

"그래, 가장 좋아했던 밴드, 과거형이군. 그 밴드도 마지막 앨범을 낸 지 꽤 됐지?"

"네, 2015년 'A Skeletal Domain' 앨범이 마지막이었어요."

제바스티안이 고개를 절레절레 흔들며 말했다.

"이해는 돼. 요새 누가 CD를 들어? 가지고 다니면 CD가 튀면서 이상한 소리나 나는 불편한 것인데 말이야. 핸드폰 하나만 있으면 더 싼 가격에 스트리밍을 들을 수 있잖아."

옆에서 듣고 있던 마티아스가 끼어들며 말했다.

"그래도 메탈리카 앨범들은 1분 미리 듣기만 제공되던데요? 그래서 앨범을 사가는 사람이 꽤 있잖아요."

제바스티안이 박스의 밀봉된 테이프를 커터칼로 찢으며 말했다.

"그래, 그래도 예전만 못하지. 17년 전에 내가 이 일을 처음 시작했을 때는 말이야. 이 두스만 백화점에서 가장 사람이 붐비는 매장은 바로 여기, 2층 음반 매장이었다고. 지금은 미리 듣기로 앨범을 들어 본 사람들이 헤드폰 음질에나 관심 있지, 앨범을 사는 사람은 많지 않아. 우리 전월 판매고가 얼마였는지 알아?"

매니저가 아닌 일반 직원이 매출에 대해 알고 있을 리가 없었기에 율리안이 궁금한 표정으로 물었다.

"얼마였는데요?"

제바스티안이 박스를 열다 말고 한숨을 쉬었다.

"5,964유로(한화 약 800만 원)였어. 이 큰 백화점의 2층을 통째로 사용하는 매장의 한 달 매출이라고. 두스만 회장님이 음악을 좋아하시고 문화 백화점이라는 상징적 의미를 지키려는 의지가 없었다면 벌써 이 음반 매장은 악기 매장으로 바뀌었을 거야."

마티아스가 계면쩍은 표정으로 말했다.

"우리 인건비 나가면 전기세나 겨우 나올 정도네요."

제바스티안이 피식 웃으며 다시 박스에 손을 올렸다.

"그러게 말이야. 그래도 다른 층은 잘 되니까 다행이라고 해야 하나? 뭐야…… 오늘은 달랑 한 개야?"

박스 안을 들여다본 제바스티안이 한 종류의 CD가 백 개가량 들어 있는 박스 안을 보고는 실망스러운 표정을 지었다.

백 개의 CD 옆에는 다섯 장의 포스터가 돌돌 말려 있었다. 포스터를 묶은 고무줄을 신경질적으로 풀어 펼친 제바스티안이 별 기대 없는 표정으로 포스터를 펼쳐 보았다.

포스터를 보고 있던 세 사람이 순간 동작을 멈췄고 음반 매장에 침묵이 흘렀다. 너무 강렬한 포스터를 보며 잠시 말을 잃었던 제바스티안이 포스터 아래에 멋들어진 필기체로 쓰인 뮤지션 명을 보고 살짝 놀랐다.

"몬타나? 2011년 'Guitar Heaven' 이후 처음 나온 앨범이지?"

마티아스가 포스터 한쪽 끝을 잡으며 말했다.

"네, 그렇죠. 대형 뮤지션의 앨범이니 기대해 볼 만한데…… 이 포스터는 뭘까요?"

율리안이 뚱뚱한 자신의 배 위에 깍지 낀 손을 올리며 안경을 고쳐 썼다.

"용암이 흐르는 배경에서 용과 호랑이가 싸우고 있네? 영화 포스터 같다. 호랑이 이빨 봐."

"용도 장난 아니야, 눈빛 봐라. 살벌하네."

제바스티안이 잠시 포스터를 보다가 CD 한 장의 포장을 뜯은 후 율리안에게 내밀었다.

"샘플 CD로 등록하고 매장에 틀어놔. 마티아스는 포스터 다섯 장 전부 기둥에 붙이고. 아! 한 장은 매장 외부 신간 발매 게시판에 붙여."

"네, 매니저님."

지시를 받고 포스터를 챙겨 나가는 마티아스를 본 제바스티안이 인상을 쓰며 CD를 내려다보았다.

"쯧, 몬타나도 이제 갈 데까지 갔군. 라틴 록 뮤지션 포스터가 이게 뭐야? 자기들이랑 어울린다고 생각하는 건가? 이번 앨범은 몬타나의 오점으로 남을 거야. 이렇게 또 대형 뮤지션 하나가 망 테크를 타는구나."

카운터로 돌아와 PC 화면에 떠오른 판매고를 보던 제바스티안이 다시 한번 쓴 입맛을 다셨다.

"휴, 이번 매니저 회의에서도 할 말이 없구나."

PC 화면에 집중하던 제바스티안이 귓가로 들려오는 베이스 연주에 고개를 들었다.

"뭐야, 율리안! 몬타나 앨범 틀라니까! 너 또 카니발 콥스

CD 튼 거 아니야?"

사무실의 오디오 시스템을 조작하고 있던 율리안이 크게 소리쳤다.

"아, 아니에요! 이게 몬타나의 앨범이라고요, 매니저님!"

제바스티안이 눈을 들어 음반 매장 천장을 보았다.

빠르고 묵직한 베이스 음에 속사포 같은 기타가 공간을 찢을 기세로 연주되기 시작하자 그의 눈이 커지며 입이 벌어졌다. 곧 굵고 날카로운 포효가 매장을 가득 메웠다.

"크아아아아아아아아아!"

제바스티안이 PC 앞에서 벌떡 일어났다.

"뭐, 뭐야!"

1층에서 일을 하던 서점 직원들이 2층에서 터져 나오는 굉음에 하던 일을 멈추고 천장을 보았다.

곧 전장의 포효와 같은 보컬라인이 폭발하자 1층 직원들이 2층으로 뛰어 올라왔다.

계단에서 고개를 내밀고 2층 매장을 기웃거리는 직원들을 본 제바스티안이 고개를 돌려 오디오 시스템이 있는 곳을 바라보자 율리안이 신난 표정으로 헤드뱅잉을 하고 있는 것이 보였다.

"율리안! CD 포장 뜯은 케이스 좀 가져와 봐!"

율리안이 재빨리 CD 케이스를 들고 오면서도 머리를 흔드는 것을 멈추지 않았다.

"와우! 완전 내 스타일인데요! 마치 기타와 베이스가 서로 물고 뜯고 싸우는 것 같지 않아요?"

율리안이 CD를 내밀고 제바스티안이 그것을 받는 순간 무거운 포효가 다시 터져 나왔다.

모든 아이의 이야기는 부모로부터 시작된다.

율리안이 팔뚝에 소름이 돋았는지 CD를 건네느라 들고 있던 자신의 팔을 큰 눈으로 바라보았다. 제바스티안 역시 몸을 부르르 떨며 CD 케이스에 꽂혀 있는 앨범 표지를 꺼냈다.

"아니, 카를로스 몬타나의 기타는 원래 수준급이었으니 그렇다 치고 도대체 베이스 기타와 보컬이 누구야? 헉!"

제바스티안의 눈이 튀어나올 듯 커지는 것을 본 율리안이 소름이 돋은 팔을 쓰다듬으며 다가와 물었다.

"누구길래 그래요? 케빈……? 이게 누구지?"

제바스티안이 CD 표지를 들어 보이며 한 곳을 가리켰다.

"보…… 보컬을 봐."

작은 글씨를 보느라 안경을 추켜 올렸던 율리안의 눈이 커졌다.

"케…… 케이?"

제바스티안이 테이블을 내려치며 일어났다.

쾅!

"도대체 무슨 생각으로 이런 앨범을 사전 홍보도 없이 내는 거야! 팡타지오 스타일이 아니잖아!"

율리안이 CD 앞면을 확인하고 말했다.

"저…… 매니저님. 팡타지오가 아닌데요? 이거 몬타나의 회사예요."

제바스티안이 표지를 빼앗듯이 가져가 확인한 후 옆으로 치우며 소리쳤다.

"마티아스! 마티아스! 빨리 공장에 연락해서 포스터 더 받아 와! 포스터 도착하면 백화점 외부 벽에 도배하듯 다 붙여 버려! 율리안! 이 음반 디지털 앨범도 나왔는지 확인해 봐!"

율리안이 재빨리 핸드폰을 들어 음악 스트리밍 사이트를 확인한 후 기쁜 표정으로 말했다.

"디지털 싱글은 없어요! 'Offline album only'예요!"

제바스티안의 얼굴이 확 밝아지며 소리쳤다.

"좋아! 빨리 움직여!"

♩♪♩

미국 노스다코다 주 캐링턴.

60대 후반의 노인이 조금 지저분해진 작업복을 입고 공장 앞에서 담배를 피우고 있었다. 공장의 규모는 꽤 컸지만 일하는 직원은 서른 명이 조금 안 되는 공장은 돌아가고 있는 기계보다 멈추어 있는 기계가 더 많았다.

공장의 열린 문으로 안에서 일을 하고 있는 직원들을 본 노인이 담배를 깊숙하게 빨아들였다.

"아버지 대부터 시작한 사업인데, 더는 안 되겠구나."

노인이 혼잣말을 중얼거리며 공장의 모습을 보았다. 커다란 두 개의 공장 건물 중 하나는 완전히 불이 꺼진 상태였고, 나머지 하나에만 반 정도의 불만 켜져 있는 것을 확인한 노인이 고개를 절레절레 흔들자, 60대로 보이는 할머니가 보자기에 싼 물건을 들고 다가왔다.

"아돌프. 일은 잘되어가요?"

아돌프가 피우고 있던 담배를 비벼 끈 후 일어나며 할머니가 가져온 보자기를 받아 들었다.

"레베카, 또 뭐하러 왔어? 그냥 집에서 쉬지."

아돌프가 보자기를 받아 든 후 가까이에 있는 벤치로 가자 레베카가 힘이 드는 듯 벤치에 앉은 후 웃었다.

"당신 혼자 고생하고 있는데 내가 어떻게 쉬어요? 그리고 밖에서 사 먹으면 돈 들잖아요. 집에서 만들어 먹으면 훨씬 싼걸요."

아돌프가 미안한 표정을 지으며 보자기를 풀자, 락앤락 통에 든 샌드위치와 과일들이 보였다.

"음…… 오늘도 고마워. 그리고 미안해."

레베카가 고운 미소를 지으며 입을 가렸다.

"호호, 미안하긴요. 우린 부부인데 고생도 함께해야죠. 그나저나 오랜만에 일거리가 들어왔다던데, 얼마나 들어온 거예요?"

아돌프가 샌드위치를 한입 크게 베어 문 후 말했다.

"응, 뭐 큰일은 아니야. 그래도 몬타나의 음반이라 이만 장정도 주문이 들어왔지."

레베카가 반색하며 말했다.

"어머나, 이만 장이나요?"

좋아하는 레베카를 힐끔 본 아돌프가 불만스러운 표정으로 말했다.

"이만 장으로 뭘 기뻐하고 그래, 아버지가 살아 계실 때는 한 달에 팔백만 장을 찍어낸 적도 있었잖아."

레베카가 웃으며 아돌프의 어깨를 감싸 안았다.

"언제 적 이야기를 하고 그래요, 요새 같은 시기에 이만 장이면 공장 직원들 밀린 월급을 주고도 남잖아요."

아돌프가 고개를 숙이고 머리를 쥐어뜯으며 말했다.

"그래, 딱 거기까지지. 이건 하면 할수록 적자가 나니까 말이야. 이번 일로 급한 불은 껐다고 해도 더는 무리일 것 같아, 레베카."

아돌프의 절망적인 말을 들은 레베카가 잠시 그를 보다가 살포시 미소를 지으며 그의 등을 두드렸다.

"괜찮아요, 지금까지 수고했잖아요. 공장터를 팔면 그래도 우리 부부가 남은 평생을 살아가는 것 정도는 괜찮을 거예요."

"휴…… 미안해. 당신에게 좀 더 잘해주고 싶었는데 말이야."

"호호, 그런 말 하지 말아요. 지금처럼 날 사랑해 주면 그것으로 족해요."

아돌프가 따뜻한 눈으로 자신을 바라봐 주고 있는 레베카의 손을 꼭 잡으며 말했다.

"고생 많았어. 아이들도 혼자 키우다시피 했잖아."

레베카가 살짝 고개를 숙였다가 눈망울에 작은 눈물 방울을 달고 웃었다.

"당신도 수고했어요."

두 노부부가 벤치에 앉아 옛일을 회상하고 있을 때 열려 있는 큰 공장문에서 흑인 남성이 고개를 내밀고 소리쳤다.

"보스! 전화가 왔어요!"

아돌프가 레베카의 손을 놓고 일어나며 웃었다.

"잠시 전화 좀 받고 올게. 아마 은행일 거야. 다음 달이 대출 상환하는 달이거든."

레베카가 살짝 걱정스러운 표정을 짓자 아돌프가 싱긋 웃었다.

"걱정 마. 이번 일 끝나고 받는 돈으로 이자 정도는 해결되거든. 지금까지 한 번도 이자를 밀린 적은 없었으니까 대출 기간 연장이 가능할 거야."

"정말인 가요, 아돌프?"

"응, 나만 믿으라고. 하핫. 그럼 잠깐 다녀올게."

공장 안으로 들어가서 2층 계단을 올라가 사무실 문을 연 아돌프의 눈에 수화기가 들려 있는 전화기가 들어왔다.

긴장한 표정으로 크게 호흡을 가다듬은 아돌프가 전화를 받았다.

"여보세요?"

"아, 레코드 스토어 데이(Record Store Day)의 아돌프 오티즈 씨 되십니까?"

"예…… 제가 아돌프입니다만……."

"그러시군요. 사전 연락을 드리려고 전화 드렸습니다."

"아, 예…… 그게 기간 연장을 신청하려고 준비 중인데…… 가능할까요?"

"예? 무슨 기간 연장 말씀이신 가요?"

"그게, 제 대출금 상환 기간 때문에요……."

"그게 무슨…… 아, 죄송합니다. 제 소개를 안 드려서 착각하셨나 보네요. 여기는 네팔렘 레코드입니다."

아돌프가 이만 장의 앨범을 주문한 몬타나의 회사라는 것을 알고 놀라며 소리쳤다.

"헉! 서, 설마 주문 취소하시려는 것 아니시죠? 이미 공장 가동 중이라 지금 취소하시면 안 됩니다!"

"하하 미스터 오티즈. 일단 진정하세요."

아돌프가 수화기를 양손으로 잡으며 다급하게 말했다.

"지금 진정하게 생겼습니까? 이번 주문이 취소되면 정말 거리에 나앉게 생겼단 말입니다!"

수화기 너머에서 잠시 서류를 넘기는 종이 소리가 들려오더니 다시 차분한 목소리가 들려왔다.

"음. 미스터 오티즈. 제가 설명을 안 드려서 오해하셨나 봅니다. 죄송합니다. 저는 네팔렘 레코드의 앨범 주문 담당자 로페즈입니다. 말씀하신 것처럼 레코드 스토어 데이는 경영난이 있긴 하군요."

"그, 그렇습니다! 사정 한번 봐 주세요! 은퇴를 생각해야 할 만큼 사정이 좋지 않단 말입니다!"

"하하, 미스터 오티즈, 주문 취소를 하려고 전화드린 것이 아닙니다. 추가 주문 때문에 전화 드렸어요."

아돌프의 표정이 순식간에 밝게 바뀌며 소리쳤다.

"예!? 추가 주문이요? 하하, 그, 그래요?"

"하하, 소리를 조금만 낮추어주세요. 귀가 아픕니다."

"아, 죄, 죄송합니다. 그, 그런데 이번에는 어떤 뮤지션의 앨범인가요? 언제 샘플 CD를 보내주실 수 있습니까? 곧 전에 주문하신 앨범 생산이 끝나서 내일부터 바로 가동할 수 있는데요."

"네, 전에 주문했던 몬타나의 앨범 추가 생산입니다."

아돌프의 표정에 약간의 실망이 어렸다.

음반 업계 전반적으로 불경기였기에 추가 주문은 초기 생산량보다 적은 양일 수밖에 없었기 때문이다. 하지만 없는 것보다는 나았기에 곧 신색을 회복한 아돌프가 물었다.

"그렇군요. 그럼 얼마나 주문하실 생각이십니까?"

수화기 너머로 다시 종이를 넘기는 소리가 들리자 조마조마한 마음으로 기다리는 아돌프였다.

"지금…… 레코드 스토어 데이의 직원 수가 28명…… 가동 가능한 기계는 몇 대입니까?"

아돌프가 재빨리 공장 가동 기기 목록을 본 후 말했다.

"기계 하나에 두 명씩 붙여서 풀가동시키면 16대까지 가능합니다."

"음…… 16대라. 좀 더 생산할 수는 없습니까?"

"예? 아…… 기계는 잘 돌아가는지 확인만 하면 되니까 직원 수는 별 상관이 없긴 한데……."

"잠시간 사용하지 않은 기계라도 당장 사용 가능한 수준이 되는 기계 수는 몇 대지요?"

"아…… 잠시만요, 공장 건물 두 개의 기계를 총 가동하면 백 대가량 됩니다만, 관리 직원이 최대 세 개의 기계까지만 돌볼 수 있는 터라, 84대 정도가 최대입니다."

"음…… 그렇군요. 혹시 그만둔 직원들을 한시적으로 재고용할 수는 없나요?"

"아……. 뭐 다들 은퇴하고 놀고 있으니 부르면 올 테지만…… 왜 이런 것을 물으시죠?"

"아, 실례했습니다. 다름이 아니라 추가 생산 건이 좀 많아서요. 우리 회사도 이렇게 될 것을 예상하지 못해서 여러 공장에 전화를 드리고 생산 가능 수량을 파악하고 있습니다."

"아, 이번 몬타나의 앨범이 꽤 잘 나가나 보군요? 매장에서 추가 주문이 있었나요?"

"하하, 네. 그렇습니다. 오프라인 앨범만 발표해서 그런지 CD 주문량이 많네요."

"그렇군요, 좋은 소식입니다. 총 추가 생산하실 양이 얼마나 되는데요?"

"음…… 이건 아직 비공개입니다만, 비밀을 지켜주신다면 저희와 거래하는 회사니 알려 드리겠습니다."

"물론이죠, 신용 하나로 이때까지 버텨온 저입니다. 믿으세요."

"후후, 알죠. 우리 회사와 20년이 넘게 거래해 온 회사라 가장 먼저 전화를 드린 겁니다."

"하하, 고맙습니다."

"네, 미스터 오티즈. 몬타나의 앨범이 발표된 지 이틀. 전 세계에서 추가 매입에 대한 공문이 오고 있습니다. 초기 생산량 십만 장은 첫날 모두 매진되었고, 현재 시중에 앨범이 동이 난 상태입니다. 2차 생산으로 계획했던 것은 오만 장으로 레코드 스토어 데이에 그중 이만 장의 생산을 의뢰드렸었죠."

"네, 맞습니다. 내일 납품 예정이에요."

"네, 그런데…… 추가 주문만 삼백만 장이 들어왔어요."

"에……? 사……삼백만 장이요?"

"네, 인터넷 반응을 보았을 때는 그것보다 더 나갈 것으로 보입니다."

"헉…… 사, 삼백만 장이라니……."

"하하, 그래서 레코드 스토어 데이의 생산력에 대해 문의드린 것입니다. 매장에서 빨리 앨범을 더 달라고 성화거든요."

아돌프가 자리에서 벌떡 일어나며 외쳤다.

"가, 가능합니다! 이, 일주일! 일주일만 주시면 밤을 새워서라도 백만 장은 커버할 수 있습니다!"

"음…… 일주일이요……?"

"아, 아니! 오 일, 오 일이면 됩니다!"

"하하, 좋습니다. 오 일 후 백만 장. 즉시 주문을 넣지요. 정식으로 팩스를 보내 드리겠습니다."

"저, 정말이십니까! 가, 감사합니다! 감사합니다!"

"하하, 저에게 감사하실 일이 아니지요. 앨범을 잘 만든 몬타나에게 감사하셔야 할 겁니다."

"아! 그, 그렇군요! 알겠습니다!"

"네, 팩스는 30분 내로 보내드리겠습니다. 그럼 오 일 후 다시 전화드리죠."

"네, 네!"

전화를 끊고 삼십 분간 다리를 덜덜 떨며 긴장된 표정으로 팩스를 들여다보고 있는 아돌프를 공장 밖 벤치에서 기다리던 레베카가 그가 돌아오지 않자 걱정된 마음에 사무실로 찾아왔다.

"아돌프? 여보, 무슨 일 있어요?"

아돌프가 팩스에 푸른 빛이 들어오는 것을 보고는 검지를 입에 대었다. 레베카가 아돌프의 시선을 따라 뭔가 들어오고 있는 팩스를 보았다.

바람처럼 팩스 앞으로 달려간 아돌프가 프린트되어 나온 종이를 들고 읽어 본 후 양팔을 하늘 높이 들고 얼굴 가득 웃음을 지었다.

"백만 장이다! 백만 장이야!"

레베카가 의아한 눈으로 아돌프를 보다가 팩스를 테이블 위에 올려두고 공장으로 뛰어가는 아돌프의 뒷모습을 본 후 팩스를 들어 내용을 읽어보고는 입을 막고 기쁨의 눈물을 흘렸다.

"세…… 세상에!"

사무실 문을 벌컥 열고 2층 철제 안전바를 잡은 아돌프가 기쁜 표정으로 공장 직원들을 내려다보며 소리쳤다.

"백만 장이야! 백만 장! 당장 그만뒀던 직원들 연락해서 아르바이트 좀 하라고 해! 어이! 수당 듬뿍 챙겨줄 테니 오 일만 밤새워 보자고, 우리!"

이러한 일은 미국 시골에 존재하는 여러 어려운 음반 제작 공장에서 동시다발적으로 일어나고 있었다. 어려운 불경기 속 음반 제작 공장에게는 오아시스와 같은 기적이 서서히 고개를 들고 있었다.

♪♩♪

몬타나의 새 앨범에 반향은 생각보다 컸다.

처음 미국과 유럽을 시작으로 번져가는 앨범 구매 열풍은 죽어가던 앨범 제작 시장을 넘어 CD 플레이어 제작 업체와 수리 업체까지 번져가기 시작했다.

CD 플레이어 세대가 아닌 십 대들이 창고를 뒤져 부모님이 쓰던 오래된 CD 플레이어를 꺼내 먼지를 닦은 후 수리점을 찾았고, 그것마저 없는 아이들은 아버지 차에 있는 CD 플레이어로 몬타나의 앨범을 듣기 시작했다.

그와는 반대로 음반 시장을 석권하고 있는 스트리밍 서비스 회사는 반대의 의미로 비상이 걸렸다.

세계 유명 기업들은 앞을 다투어 몬타나의 소속회사인 네팔렘 레코드로 디지털 앨범 발표에 대한 문의를 하였고, 종일 전화로 응대하던 네팔렘 레코드의 직원들 역시 녹초가 되었다.

몬타나 외에도 여러 뮤지션들을 관리하고 있는 네팔렘 레코드의 입장에서는 스트리밍 서비스를 하고 있는 회사들의 압박을 버틸 수 없었기에 곧 네팔렘 레코드를 대표하여 멕시코시티를 찾은 BD(Business deal) 팀의 에단 팀장이 도심지 중앙의 대형 오피스텔 팬트 하우스에 사는 카를로스의 집 벨을 눌렀다.

벨 소리가 나자 50대의 멕시코 아주머니가 문을 열고 나왔다.

"Quien es usted?(누구세요?)"

갑자기 튀어나온 멕시코어(스페인어)에도 당황하지 않은 에단이 자연스럽게 말했다.

"Vine a ver a Carlos. Ethan de Nepalem Records.(카를로스를 뵈러 왔습니다. 네팔렘 레코드의 에단입니다.)"

에단이 내민 명함을 확인한 아주머니가 문에서 비켜서며 말했다.

"Carlos esta en la sala de estar.(들어 오세요. 카를로스는 거실에 계십니다.)"

아주머니의 안내를 받아 하얀색 대리석으로 벽과 바닥이 장식된 거대한 거실에 도착한 에단이 하얀 가죽 소파에 앉아 신문을 보고 있는 카를로스를 발견하고는 웃으며 다가갔다.

"카를로스, 오랜만입니다."

카를로스가 보던 신문을 접고 옆으로 치운 후 자리에서 일어나며 악수를 청했다.

"에단 아닌가? 연락도 없이 멕시코까지 무슨 일이지?"

카를로스의 손을 맞잡은 에단이 엄살을 피우며 말했다.

"이번에 발표하신 음악이 워낙 대단해야 말이죠. 소식 들으셨죠?"

"음, 들었네. 앨범이 꽤 나가고 있다지?"

"하하, 꽤 나가다니요? 벌써 오백만 장이 넘게 매장으로 나갔습니다. 그중 삼백만 장은 이미 판매되었고요."

"허허, 그래? 일단 앉지."

전 세계 1억 장의 앨범 판매고를 올렸던 카를로스는 에단이 말한 수치에 그리 놀라지 않으며 자리를 권했다. 그의 반응이 시큰둥한 것을 본 에단이 얼른 자리에 앉으며 말했다.

"카를로스, 2014년 이후 삼백 만장 이상 앨범이 판매되는 일은 매우 드문 일입니다. 엄청난 일이라고요!"

카를로스가 에단을 힐끔 본 후 소파 끝에 서 있는 아주머니에게 말했다.

"Puedo tomar dos tazas de cafe?(커피 두 잔만 줄래요?)"

아주머니가 부엌으로 가는 것을 본 카를로스가 다리를 꼬며 물었다.

"그래, 엄청난 일이라고 치고, 무슨 일이지?"

에단이 몸을 앞으로 숙이며 말했다.

"사정 좀 봐주세요, 지금 스트리밍 회사에서 난리가 났습니다. 앨범 판매고가 이렇게 잘 나오는데 디지털 싱글 앨범 발표를 하지 않으니 자기들 인지도가 떨어진다고요, 디지털 앨범도 발표해 달라는 요청이 끊이지 않고 있어요, 카를로스."

카를로스가 에단을 뚫어지게 보다가 입을 열었다.

"그래서?"

에단이 다급한 표정으로 말했다.

"그래서라니요, 카를로스! 디지털 앨범 발표를 해주셔야 합니다."

카를로스가 한쪽으로 치워둔 신문의 일면을 들어 보이며 말했다.

"이거 안 보이나?"

에단의 눈에 멕시코 신문 일 면에 살아나고 있는 음반 제작 공장의 인부들이 즐겁게 일을 하고 있는 흑백 사진이 들어왔다.

신문에서는 이 현상에 '몬타나 효과'라는 말을 붙이고 살아나는 경제에 큰 도움을 주고 있는 몬타나에 대한 찬양 기사가 기재되어 있었다.

"그, 그건! 남 일을 생각할 때가 아닙니다, 카를로스! 스트리밍 회사에서 곧 최종 통보가 올 거예요. 우리 회사 소속의 다른 가수들이 디지털 싱글을 발표할 때 메인 배너를 올려주지 않거나 순위에 장난질을 치면 어떤 일이 벌어질지 아시지 않습니까?"

카를로스가 신문을 옆으로 툭 던져둔 후 말했다.

"그래서? 그놈들 갑질이 두려워서 디지털 앨범을 내야 한다는 말인가?"

"갑질이 두려워서가 아니라, 좋은 관계의 유지 차원의 일입니다, 카를로스."

에단이 거듭 설득의 말을 하자 카를로스가 잠시 고민에 잠겼다.

"음…… 우리 회사 소속의 가수들에게 피해가 간다……. 잠깐 기다려 보게."

카를로스가 품을 뒤져 전화기를 찾자 에단이 의아한 눈으로 물었다.

"어디 전화하십니까?"

카를로스가 액정을 조작해 누군가의 전화번호를 누른 후 웃었다.

"이걸 결정할 권한은 내게 없어. 내 곡이 아니거든."

에단이 얼빠진 표정으로 물었다.

"몬타나의 앨범인데, 누가 결정을 한단 말입니까?"

신호가 가고 있는 전화기를 귀에 댄 카를로스가 말했다.

"디지털 싱글 내달라는 곡. 다른 12개의 곡이 아니라 Fury 일 것 아닌가?"

"그, 그렇습니다만……."

"그거 내 곡 아니야. 저작권도 내게 없고, 자넨 레코드 회사 직원이 그런 것도 확인 안 하고 왔나? 분명 저작권에 대해 명시가 되어 있을 텐데 말이야."

"그, 그건! 모, 몬타나는 언제나 카를로스에게 저작권이 귀속되어 있기에 따로 화, 확인을……."

카를로스가 전화가 연결된 듯 손을 들어 에단의 말을 막았다.

"여보세요? 나다. 잠깐 스피커폰으로 바꿀 테니 기다려 줘."

카를로스가 전화기를 테이블 위에 올리고 스피커폰으로 바꾼 후 말했다.

"어, 들려?"

전화기에서 조금 밝게 들리는 청년의 목소리가 흘러나왔다.

"네, 카를로스 잘 들려요."

"그래, 어디야?"

"여기 노스 다코다예요."

"응? 거긴 뭐하러 갔어?"

"어제 신문에 여기 레코드 스토어 데이즈라는 공장 사장님이 저에게 감사 인사를 하고 싶다고 꼭 만나고 싶다는 메시지가 있었거든요. 인사도 드리고 앨범이 잘 나오고 있는지도 확인하려고 방문했어요."

"하하, 그랬군. 거기 사장님이 뭐라고 해?"

"음, 전 몰랐는데 음반 제작 시장 형편이 말이 아니더군요, 사장님인 아돌프와 부인인 레베카가 달려 나와 허리를 숙이고 연신 고맙다고 하시는데 민망해서 혼났어요, 하하."

"허허, 그럴 만하지. 그런데 생색내는 것에는 관심 없는 네가 거긴 왜 간 거지?"

"아, 병준이 형이 회사 홍보 자료로 써야 한다고 꼭 해달래서요."

"그렇군. 알았어."

통화를 듣고 있는 에단의 얼굴이 점점 굳어지는 것을 확인한 카를로스가 말했다.

"네 곡 있잖아, 그거 디지털 앨범으로 발표해 달라는데 어떡할래?"

"어……. 그거 안 하기로 했었잖아요?"

"응, 그런데 회사 쪽으로 압박이 들어오고 있나 봐."

"에이, 스트리밍 회사는 돈도 잘 벌면서 얼마 남지 않은 공장들 기회까지 빼앗으려 한대요? 그냥 이대로 가죠."

"그렇지? 알았어."

여기까지 통화를 듣던 에단이 참지 못하고 전화기에 대고 소리쳤다.

"저, 저기! 네팔렘 레코드의 에단입니다!"

당황한 듯한 상대방이 잠시 침묵하다가 말했다.

"아, 네……. 안녕하세요?"

"네, 반갑습니다! 다름이 아니라 디지털 앨범 발표는 우리 회사 차원에서 꼭 필요한 문제라 부탁을 드리려 실례를 무릅쓰고 끼어들었습니다. 저 만약 소속된 회사가 없으시다면 저희 회사에서 계약을 고려해 볼 테니 이번에는 양보해 주시면 안 되겠습니까?"

에단의 말을 들은 카를로스가 황당한 눈빛으로 그를 보았고, 전화기 너머에서도 침묵이 흘렀다.

잠시 얼빠진 표정을 짓던 카를로스가 전화기를 가리키며 말했다.

"에단…… 너 지금 통화하는 사람이 누군지 몰라?"

"예? 그, 글쎄요……. 이미 회사가 있으신 분인가요?"

카를로스가 골이 아프다는 듯 손으로 눈을 가리며 전화기에 대고 말했다.

"나다. 미안해, 일 잘하는 직원이라고 착각했었는데 네 덕에 얼마나 멍청한 녀석들과 일하고 있는지 깨달았군. 나중에 다시 전화할게."

"아…… 예, 카를로스. 그럼 이따 통화해요."

전화를 끊은 카를로스가 에단을 노려보았다. 에단은 자신이 무슨 실수를 했는지 모르고 안절부절못하고 있다가 무겁게 입을 연 카를로스의 말을 듣고 몸을 굳혔다.

"케이다."

"……예? 케이라니요?"

"네놈이 방금 통화한 녀석. 케이라고."

"헉! 뭐라고요?"

카를로스가 자리에서 일어나며 한숨을 쉬었다.

"이런 녀석이 담당자라니…… 앨범 발표 전도 아니고 이미 삼백만 장이나 팔린 앨범의 타이틀 곡을 누가 불렀는지도 모르는 녀석이 담당자라고? 아무리 앨범 발표 일주일이 겨우 지났다고 해도 이런 기본 정보도 숙지하지 않은 놈이라니! 당장 네팔렘 레코드에 연락해 계약 해지하겠어. 그렇게 알고 돌아가."

에단이 벌떡 일어나 카를로스의 바지단을 붙잡고 늘어졌다.

"헉! 카, 카를로스! 카를로스!"

카를로스가 신경질적으로 발을 구르며 에단을 노려봤다.

"하필 케이 앞에서 이런 망신을 주다니. 당장 본사로 가서 계약 해지에 대해 통보할 테니 그렇게 알고 꺼져!"

아연실색한 에단이 다른 방으로 사라지는 카를로스를 계속 불렀지만, 곧 다가온 경호원들에 의해 집 밖으로 끌려 나갔다.

소리를 지르며 사과를 하는 에단의 소리가 완전히 멀어진 것을 확인한 카를로스가 자신의 방 침대에 앉은 후 전화기를 들었다.

"아, 나요. 카를로스."

"앗! 선생님! 안녕하세요!"

"허허, 그래. 혹시 팡타지오에 자리 하나 있소?"

"예? 무슨 자리 말씀이신지요?"

"뮤지션 자리 말입니다. 계약하려고."

"아, 언제든 가능합니다. 어떤 뮤지션을 소개해 주시려고요?"

"뭘 소개하나, 몬타나 계약을 하려는 게지."

"헉! 저, 정말이십니까?"

"그래요, 빠른 시일 내에 계약조건에 대해 말해줘요. 나는 내일 미국으로 가서 네팔렘과 계약을 해지할 생각이니까요."

"헉! 아, 알겠습니다! 즉시 이사님께 보고하고 처리하겠습니다!"

"부탁합니다."

전화를 끊은 카를로스의 눈에 방 벽에 붙여둔 앨범 포스터가 들어왔다.

잠시 포스터를 뚫어지게 보던 카를로스가 전화기를 옆에 둔 후 침대에 몸을 눕히고 양팔로 목에 각지를 꼈다.

"몇십 년간 해왔던 음악을 버리고 찾은 새로운 길. 그것을 제시한 젊은 천재. 하하, 천재 덕 좀 보려면 가까이 있어야겠지? 후후."

♪♫♩

다음 날.

즉시 네팔렘 레코드를 찾아간 카를로스는 울고불고 늘어지는 에단과 네팔렘 레코드 회장을 뿌리치고 당일 계약을 해지했다.

이번 앨범에 대한 관권은 여전히 네팔렘 레코드에 있었지만 가장 중요한 Fury의 저작권을 가진 것은 카를로스가 아닌 건이었기에 그들은 카를로스를 잃고 스트리밍 서비스마저 진행할 수 없게 되었다. 그리고 카를로스는 그 길로 멕시코의 집을 매물로 내놓고 케빈과 함께 맨하탄 시내의 오피스텔로 보금자리로 옮겼다.

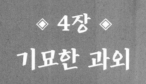

◈ 4장 ◈
기묘한 과외

미국 워싱턴 주 백악관의 화려하지만 엔티크한 복도.

대통령 수석 비서관인 매트 베슬러가 옆구리에 서류철을 끼고 복도를 걸었다.

대통령 집무실 앞의 비서실에 도착한 메트가 책상에 앉아 있는 비서를 보며 고개를 끄덕이자 그녀가 인터폰을 들었다.

"매트 베슬러 수석 비서관님이 오셨습니다. 네."

비서가 얼른 문 앞으로 달려와 말했다.

"들어오시랍니다."

비서가 문을 열어주자 묵례를 한 매트가 대통령 집무실로 들어가자 작은 소리로 재생되고 있는 Fury를 들으며 회전의자를 창 쪽으로 돌린 헤럴드 윈스턴의 뒷모습이 눈에 들어왔다.

그의 책상 앞으로 다가온 매트가 작은 소리지만 흥분되는 비트의 음악을 토해내고 있는 대형 스피커를 힐끔 본 후 서류를 책상에 올렸다.

"케빈 도련님과 케이의 근황에 대한 보고입니다. 추가로 몬타나의 앨범 판매고 현황도 조사했습니다."

헤럴드 윈스턴이 뒤를 돌아보지 않고 손짓하며 말했다.

"그래, 말해보게."

여전히 뒷모습을 보이고 있는 헤럴드 윈스턴을 본 매트가 서류철을 들고 사무적인 어조로 내용을 읽었다.

"케빈 도련님은 이틀 전 미국으로 돌아왔습니다. 현재 거주지는 맨하탄 미드타운의 휴즈 오피스텔 팬트 하우스로, 카를로스 몬타나와 함께 살고 있습니다. 케빈 도련님 외에 호세 알라니스라는 멕시코 국적의 드러머도 함께 살고 있는 것으로 확인되었습니다."

헤럴드 윈스턴이 살짝 고개를 숙인 후 말했다.

"그건 다행이군. 대통령의 아들이 타국에 있는 바람에 CIA에 비상이 걸렸었는데 말이야. 계속하게."

매트가 다시 서류를 읽기 시작했다.

"케이는 노스 다코다의 공장 한 개를 견학하고 공장주 부부와 그들의 집에서 식사한 것 외에는 레드 케슬에서 나오지 않고 있습니다. 정보원에 따르면 거주하고 있는 별채에 박혀 무언가 연구를 하는 것으로 보인다고 합니다. 별채에는 팡타지오의 매니저와 키스카 미오치치 외에는 아무도 접근하지 않기에 그 이상의 정보는 얻을 수 없었습니다."

헤럴드 윈스턴이 고개를 끄덕이는 것을 확인한 매트가 다시 서류를 읽었다.

"다음은 몬타나의 앨범 판매 실적입니다. 현재 앨범 발표 9일째로 어제 24시까지의 판매량은 육백만 장이 좀 넘었습니다. 미국과 유럽에서 판매된 부분만 집계한 것이며 아시아까지 집계할 경우 천만 장이 넘을 것이라는 예상입니다만, 아직 아시아쪽에서의 정확한 자료가 보고되지 않아 정확한 추산은 어렵습니다."

매트가 서류를 넘겨 뒷장을 확인한 후 말했다.

"파생된 일로 CD 플레이어 제작 업체들과 수리 업체들이 호황을 누리고 있다는 소식입니다. 음반 제작 공장은 이미 최근 2년간 생산해 냈던 총 앨범 생산량을 몬타나의 앨범 하나로 커버했기에 경영난에서 벗어났고, 몬타나는 앞으로도 디지털 앨범을 발표하지 않겠다는 공식 발표를 함으로써 CD 플레이어의 판매량도 크게 늘어났다고 합니다."

헤럴드 윈스턴이 창밖으로 시선을 던진 채 물었다.

"몬타나가 회사를 옮겼다지?"

"네, 케이의 회사인 팡타지오로 옮겼습니다. 케빈 도런님은 원래 팡타지오와 계약을 했으니 별문제는 없을 겁니다."

"그렇군. 고맙네, 또 보고할 것이 남았나?"

매트가 서류를 끝까지 다시 확인한 후 서류철을 접어 책상 위에 올린 후 말했다.

"자잘한 것은 서류를 확인해 주십시오. 굵직한 것은 모두 보고드렸습니다."

끝까지 돌아보지 않은 헤럴드 윈스턴이 고개를 끄덕였다.

"알겠네. 수고했어, 가보게."

매트가 인사를 한 후 집무실을 나가기 위해 문 쪽으로 다가가자 뒤에서 헤럴드 윈스턴의 목소리가 들려왔다.

"매트."

매트가 멈춰 서서 뒤를 돌아보자 아직 뒷모습만 보이는 헤럴드가 한숨을 쉬며 물었다.

"나는 미국의 대통령이기에 앞서 한 가정의 아버지였네. 그렇지?"

매트가 심각한 눈으로 헤럴드 윈스턴의 뒷모습을 보다가 다시 냉정한 표정으로 바뀌며 말했다.

"당신은 한 가정의 아버지이기 이전에 미국의 대통령입니다. 그리 생각하십시오."

잠시 침묵하던 헤럴드 윈스턴이 말했다.

"그렇군. 자네 생각은 그렇구먼. 알겠네, 나가보게."

매트가 냉정한 얼굴로 문을 열고 나가자 혼자 남은 헤럴드 윈스턴이 서랍을 열어 봉인해 두었던 담배를 꺼내 불을 붙였다. 오랜만에 담배를 다시 피운 것인지 기침을 몇 번 하던 그가 손으로 눈을 가렸다.

그의 귀에 반복 재생을 해둔 Fury의 전투적인 연주 사이로 건의 목소리가 꽂혔다.

모든 아이의 이야기는 부모로부터 시작된다.

♪♪♪

레드 케슬의 밤.

별채의 소파에 앉아 키스카와 놀아주던 건이 코트 어깨에 내려앉은 눈을 털며 들어오는 병준을 보고 반색했다.

"형, 오셨어요? 오늘도 고생하셨어요."

병준이 코트를 벗어 한 손에 들며 웃었다.

"그래, 시즈카가 바빠져서 나도 정신이 없네. 뭐 하고 있었어?"

"키스카랑 놀고 있었죠."

"그랬냐? 키스카, 밥 먹었어?"

바닥에 앉아 병준을 올려다보고 있던 키스카가 고개를 끄덕이는 것을 본 병준이 소녀의 통통한 볼을 비벼준 후 소파에 코트를 아무렇게나 올려두었다.

"내일 린 이사님이 오실 거야."

건이 병준의 코트를 들고 일어나며 말했다.

"몬타나의 계약 때문이에요?"

병준이 넥타이를 풀어 소파 위에 던지며 말했다.

"응, 몬타나 급이면 이사님이 직접 계약하셔야지."

건이 인상을 쓰며 넥타이를 주워 들었다.

"좀, 옷걸이 저기 있잖아요. 소파에 던질 에너지로 옷걸이에 걸기만 하면 되는데 왜 맨날 이래요?"

"이게 편해 이놈아. 마누라처럼 잔소리하지 마라, 남자 놈이 너처럼 결벽증 있는 것처럼 굴면 여자가 안 붙어요. 남자가 적당히 지저분해야지. 안 그래, 키스카?"

무슨 말인지 모르는 키스카가 큰 눈망울을 깜빡이자 귀엽다는 듯 볼을 살짝 꼬집어준 병준이 웃으며 자리에서 일어났다.

"아, 난 샤워하고 일찍 자야겠다. 내일 오전 일찍 몬타나와 계약하고 시즈카 오후 스케줄 가려면 잠 좀 자둬야지. 두 사람도 일찍 자라고."

병준이 샤워실로 들어가자 키스카 역시 졸린 얼굴을 하고 있는 것을 본 건이 키스카를 안아 들고 침대로 향했다.

소녀를 눕혀 주고 책장에서 동화책 하나를 골라온 건이 침대 옆에 앉으며 말했다.

"오늘은 늑대 이야기라는 책을 읽어볼까?"

졸린 눈으로 건을 보던 키스카가 아무거나 읽으라는 듯 몸을 뒤척이자 웃음 지은 건이 책을 읽기 시작했다.

"옛날에 인디언 마을에 사는 소년이 현명한 추장님에게 찾아가 들은 이야기들을 엮은 책이야. 추장이 말했대. 모든 사람의 마음에는 두 마리의 늑대가 산다고 말이야. 한 마리의 늑대는 기쁨, 희망, 즐거움이라는 이름의 늑대이고, 다른 한 마리의 늑대는 절망, 음울, 침울이라는 이름의 늑대였대. 두 마리의 늑대는 사람의 마음에 자리를 잡고 항상 서로 물어뜯고 싸우고 있대."

건이 책장을 넘긴 후 말을 이었다.

"소년이 물었대. 두 늑대가 싸우면 어느 쪽이 이기냐고 말이야."

건이 다시 책장을 넘긴 후 잠시 동작을 멈추었다.

몇 글자 되지 않은 그림책에 쓰인 문장을 읽은 건이 조용하고 나직하게 말했다.

"추장이 말했대. 네가 먹이를 주는 쪽이 이긴다."

나지막하게 코를 골며 잠이 들어 버린 키스카를 내려다보던 건이 손에 쥔 책을 다시 처음부터 읽었다.

짧은 책이었지만 세 번이나 다시 읽은 건이 무드 등을 끄고 조용히 방에서 나와 불 꺼진 거실 테이블 위에 있던 Fury의 악보를 집어 들고는 자신의 방으로 향했다.

방 불을 끄고 스탠드를 켠 건이 침대에 누워 Fury의 악보를 물끄러미 보다가 붉은색 음표에 자주색 테두리가 그려진 음표를 매만져 보았다.

'만약 내가 붉은색으로만 가득했던 그 음악 그대로 녹음을 했다면, 나는 얼마나 많은 사람의 마음속에 사는 늑대에게 먹이를 던져준 것이 되었을까?'

잠시 고민하던 건이 피식 웃었다.

'내가 뭐 대단한 사람이라고 이런 생각까지 하는 거야, 후훗.'

건이 음표를 쓸어 보며 다시 생각에 잠겼다.

'테두리를 그리는 법에 대해 아직 알아내지 못했어. 만약 내가 이 방법을 알아내게 된다면, 나는 지금보다 조금 더 높은 곳까지 도달할 수 있을 거야.'

침대에서 벌떡 일어나 책상 위에 악보를 놓고 의자에 앉은 건이 악보를 뚫어지게 보았다.

서너 번 악보를 처음부터 읽어 본 건이 새로운 오선지를 꺼내 Fury를 베껴가기 시작했다. 처음부터 끝까지 악보를 필사했지만, 건이 그린 악보는 모든 음표가 붉은색으로 물들어 있었다. 새로 그린 악보를 구겨 버린 건이 머리를 쥐어뜯었다.

'뭐야, 음이 바뀐 것도 아니고, 샵이나 플랫까지 전부 똑같이 그려 넣었는데, 왜 내가 그린 악보는 붉은색 음표만 있는 거지? 도대체 그 날 잠결에 내가 무슨 짓을 한 거야? 기억이 나질 않잖아!'

몸을 숙여 책상에 이마를 댄 건이 책상 위로 머리를 퉁퉁 박으며 머리를 북북 긁었다.

한참 머리를 찧어대던 건이 어느 순간 이마를 책상에 댄 채 곯아떨어졌다.

잠들어 버린 건의 방의 벽에 걸린 시계가 점점 느려지고, 시계의 초침 소리도 느려지다가 마침내 완전히 멈추자, 건의 방에 있는 모든 색이 그 색채감을 잃고 흑백으로 변했다.

건의 방 천장에서 검고 음울한 소용돌이가 치고, 거대한 검은 손 하나가 불쑥 튀어나와 잠든 건을 붙잡고 검은 공간으로 끌고 들어갔다.

한참의 시간이 흐르고 책상에 고개를 박고 잠이 든 것을 깨달은 건이 눈을 뜨자 자신의 방 책상이 아닌 숲속 잔디밭이 보였다.

어리둥절한 건이 주위를 바라보자 분명 숲속인데도 불구하고 새소리나 벌레 소리 하나 들리지 않는 이상한 숲이었다.

나무들과 꽃들도 생전 처음 보는 기괴한 모습의 숲은 낮임에도 불구하고 불길한 느낌을 주었다.

보라색과 붉은색이 어우러져 있는 들꽃의 꽃잎을 만져본 건이 고개를 갸웃했다.

"이건 무슨 꽃이지? 여긴 어디야?"

숲속을 거닐던 건의 눈에 절벽 위에 지어진 거대한 성이 눈에 들어왔다.

전설 속 드라큘라가 사는 성처럼 삐죽하고 날카로운 지붕을 여러 개 가진 성 주위에는 대낮임에도 박쥐 떼들이 날고 있었고, 깎아지른 절벽 위에 위태롭게 지어진 성은 무척 불길한 검은색 외벽을 지니고 있었다.

"멋있긴 한데…… 혹시 꿈인가?"

자신의 볼을 꼬집어본 건이 볼이 아프지 않음을 느끼고 고개를 끄덕였다.

"꿈이구나. 오랜만이네."

꿈이라는 것에 안심을 한 건이 성 쪽으로 다가가자 성 앞에 서 있던 금발 미녀가 건을 발견하고 다가왔다.

멀리서 다가오는 여자의 모습에 건이 눈을 동그랗게 뜨고 생각했다.

'엄청 미인이네. 그런데…… 어디서 본 것 같은데…… 어디서 봤더라?'

가까이 다가온 여성이 건을 보자마자 그의 손을 덥석 잡았다.

갑작스러운 그녀의 행동에 놀란 건이 놀란 눈으로 입을 벙긋거리자 여성이 웃음을 지으며 말했다.

"잘 왔어요. 키스카의 옆에 있어주어 항상 감사한 마음으로 보고 있었습니다."

건이 얼빠진 표정으로 말했다.

"키, 키스카요? 키스카를 아세요?"

아름다운 여인이 고개를 끄덕이며 살포시 미소를 지었다.

여인의 손에 이끌려 거대한 성문을 지난 건의 눈에 아름답지만 뭔가 기괴한 정원이 들어왔다.

정확한 삼각형 형태로 잘린 정원수들이 늘비하고 바이올린 소리가 들려오는 정원을 보던 건이 고개를 갸웃했다.

"니콜로 파가니니의 곡?"

정원수들 사이로 검은 턱시도를 입은 키가 큰 갈색 장발 남자의 뒷모습이 보였다.

남자는 바이올린을 턱에 괴고 연주를 하고 있었는데 그가 연주하고 있는 곡은 '카프리스 24번' 곡으로 경쾌하지만 애잔한 느낌을 주는 곡이었다.

그의 연주를 들으며 정원수를 지나던 건이 그의 얼굴을 보기 위해 고개를 내밀었지만, 자신의 손을 잡고 있는 여성이 손을 잡아끄는 통에 연주자의 얼굴을 볼 수 없었다.

궁금해하는 건의 손을 잡아끌던 여성이 건의 귓가에 속삭였다.

"얼굴을 보지 않는 것이 좋아요."

여성의 말을 듣고 그냥 지나치기에는 너무도 훌륭한 수준의 바이올린 연주였기에 호기심이 일어난 건이 그의 옆모습이 보이는 각도로 이동하자 남자에게 고개를 돌리려 했다.

그의 시야에 연주자의 옆모습이 들어오기 직전에 하얗고 가녀린 손이 건의 눈을 가렸다. 눈 위에 올라온 손이 부드럽게 건의 고개를 돌린 후 치워지자 눈앞에 아름다운 여성의 얼굴이 보였다.

걱정스러워하는 표정의 여성은 건을 올려다보며 말했다.

"당신을 위해 말하는 것이에요. 얼굴을 보지 마세요."

여성의 얼굴에 진심 어린 걱정이 있는 것을 확인한 건이 고개를 끄덕였다.

고개를 돌려 남자를 확인하고 싶은 마음이 굴뚝같았고, 마음속을 후벼 파는 듯한 바이올린 연주가 돌아보라고 끊임없이 마음을 두들겼지만, 꾹 참고 바닥에 시선을 둔 건이 마침내 내성 입구에 도달했다.

검은 성벽과 마찬가지로 온통 검은색으로 도배되어 있는 내성의 거대한 문이 열리자, 내성 안에서 각자 정원을 다듬거나, 하녀 복장으로 일을 하고 있는 서른 명가량의 여성들이 일제히 건을 돌아보았다.

하나같이 아름다운 여성만 있는 성 내부를 보던 건이 입을 떡 벌리자, 옆에 서 있던 금발 여성이 웃으며 건의 손을 잡아 끌어 커다란 응접실로 향했다.

바닥과 벽까지 모두 검은색이었던 성은 간간이 보이는 불길한 보라색 외에는 대부분이 검은색으로 이루어져 있었고, 화병에 담긴 꽃까지 검은색과 보라색이었다.

벽에 걸린 그림들 역시 어두운색 바탕에 초상화들이었는데, 집주인이 누구인지 알 수 없지만 여러 사람의 초상화들을 모으는 것에 취미가 있는 모양이었다. 거실 벽을 메우고 있는 초상화들은 각기 다른 사람의 초상화였기 때문이다.

건의 손을 잡고 소파에 앉힌 여성이 그의 옆에 앉아 찬찬히 건의 얼굴을 뜯어보았다.

너무 아름다운 여성이 자신의 얼굴을 자세히 살펴보자 얼굴을 붉힌 건이 시선을 둘 곳을 찾지 못하며 물었다.

"저기…… 아까 키스카 이야기를 하셨는데……."

여인이 미소 지으며 입을 열려는 찰나 소파 뒤가 소란스러워졌다.

"나탈리에, 어디 있어?"

여인이 황급히 일어나며 달려가 문 앞에서 몸을 숙이자 어둠 속에서 하얀 손이 나와 그녀의 머리를 매만졌다.

"아이는 왔나?"

"네, 주인님."

"그래, 가봐."

나탈리에가 건을 돌아보며 아쉬운 눈빛을 보냈다.

건이 그녀의 이름을 듣고 고개를 갸웃했다.

'나탈리에? 어디서 들었더라? 뭔가 들어본 이름인데……'

그녀가 어둠 속으로 사라지자 그 어둠 속에서 다시 하얀 남자의 얼굴이 튀어나왔다.

갈색 긴 머리를 유려하게 빗어 웨이브지도록 넘긴 남자는 보라색 턱시도에 검은 슬랙스를 입고, 반짝이는 검은 구두를 신고 있었다.

모델 같은 비율을 가진 남자가 바지 주머니에 손을 넣고 다가오는 것을 본 건이 엉거주춤하게 소파에서 일어나자, 그가 손을 들어 보이며 말했다.

"아, 괜찮으니 앉아 있어."

대뜸 반말을 하는 남자였지만 왜인지 반말을 하는 것이 당연하게 느껴졌던 건이 다시 소파에 엉덩이를 붙였다.

소파를 지나 벽난로 앞까지 간 남자가 난로 위에 올려져 있는 종이를 들고 다시 소파로 오며 중얼거렸다.

"처음부터 불러서 가르칠 걸, 괜히 일 두 번 했네. 쳇."

무슨 말인지 알 수 없었던 건이 그저 멀뚱히 남자를 보고 있자, 그가 맞은편 소파에 앉으며 손에 든 종이를 들어 보였다.

그의 손에 Fury의 악보가 들려 있는 것을 본 건의 눈이 커졌다.

"어……. 그건 제 곡인데……."

"그래, 네 곡이지. 알아."

남자가 악보를 훑어본 후 인상을 찌푸렸다.

잠시 악보를 끝까지 본 그가 엄지와 집게손가락만으로 악보를 들고 말했다.

"아직 쓰레기야."

건이 발끈했지만 왜인지 모르게 남자의 말에 반론을 제시하면 안 될 것 같은 느낌에 허벅지에 올려둔 주먹만 불끈 쥐었다.

건의 주먹에 힘이 들어가는 것을 힐끔 본 남자가 피식 웃으며 일어났다.

"잘 들어. 이건 꿈이야. 너 꿈 많이 꾸니 알지?"

건이 조용히 고개를 끄덕였다.

"어릴 때부터 많은 꿈을 꾸어 왔습니다. 당신도 내가 모르는 어느 시절의 뮤지션인가요?"

남자가 히죽 웃었다.

"그래, 말이 통하는군. 다시 말하지, 이건 꿈이야. 알았지?"

"네, 알고 있습니다."

남자가 건의 뒤로 다가와 그의 어깨에 손을 올리고 말했다.

"나는 뮤지션이 아니다. 하지만 모든 음악의 위에 서 있는 자이지."

건이 뒤를 돌아보지 못한 채 중얼거렸다.

"모든…… 음악의 위에 서 있는 자?"

남자가 건의 어깨를 툭툭 친 후 걸음을 옮겼다.

"내 이름은 암두시아스. 팔자에 없는 과외 수업을 할 예정인 자이기도 하지. 따라와."

남자가 몸을 돌려 어디론 가로 걸어가자 그의 뒷모습을 보던 건이 자리에서 일어나 남자를 따라나섰다.

'암두시아스? 이상한 이름이네.'

암두시아스를 따라가던 건이 창밖의 정원에 서서 바이올린 연주를 하고 있는 남자의 얼굴이 보이는 것 같아 자기도 모르게 창 쪽으로 시선을 주었다.

그때 앞서가던 암두시아스가 뒤도 돌아보지 않고 말했다.

"그만, 저 녀석 얼굴 보면 후회하게 될 거야."

건이 몸을 굳히고 돌아가려는 고개를 겨우 부여잡았다.

"저기…… 저분이 누구신데 모두 얼굴을 보지 말라는 건가요?"

암두시아스가 고개를 돌려 창밖에서 연주 중인 남자를 힐끔 본 후 말했다.

"니콜로 파가니니."

건이 놀라며 소리쳤다.

"니, 니콜로 파가니니라니요? 세기의 바이올리니스트 말이에요?"

암두시아스가 고개를 끄덕이며 계속 발걸음을 옮겼다.

얼빠진 표정으로 그의 뒷모습을 보던 건의 귀에 암두시아스가 중얼거리는 소리가 들려왔다.

"그래, 인간의 기준에서 세기의 바이올리니스트였지. 그 이름을 얻기 위해 내게 영혼을 팔고 영원히 눈알이 파인 채 피눈물을 흘리며 연주라는 고통에서 헤어나오지 못하는 자이기도 하고 말이야."

걸음을 멈추지 않는 암두시아스를 바쁘게 따라가던 건이 머리를 거칠게 긁으며 생각했다.

'뭐야, 이번 꿈은 왜 이리 허무맹랑하지? 지난 꿈들과 너무 다르잖아.'

암두시아스는 한참을 걸어 창문이 없는 큰 방의 문을 열었다.

문을 연 그가 비켜서며 건을 돌아본 후 손을 내밀며 말했다.

"들어와."

건이 문 안쪽으로 몸을 내밀고 안쪽을 살펴보니 시야에 들어오는 모든 곳에 벽화가 그려져 있는 방이 보였다.

기묘한 것은 명화라고 분류한 익숙한 그림이 많았는데, 그 그림들이 서로 경계 없이 뒤섞여 그려져 있다는 것이었다.

천장에 그려진 모나리자와 반고흐의 자화상이 서로를 바라보는 것처럼 보인다거나, 구스타프 클림트의 UDT가 램프란트의 풍랑을 만난 배가 뒤집히기 직전의 그림을 냉소 띤 얼굴로 내려다보고 있다거나 하는 이상한 구도의 그림들을 보면서 움직이던 건이 문의 경계에서 걸음을 멈추자 나탈리에가 그의 등을 밀어 안쪽으로 데려온 후 큰 문을 닫은 암두시아스가 방 중앙에 있는 두 개의 컨버스 앞에 섰다.

팔짱을 낀 그가 빈 캔버스 앞의 의자를 눈짓하며 말했다.

"앉아."

건이 머뭇거리며 다가와 그가 가리키는 나무 의자에 앉자 건의 옆에 있는 캔버스에 앉은 암두시아스가 한 손에 붓을 들고 한쪽 벽을 붓으로 가리켰다.

"저기, 반 고흐의 자화상 보여? 아, 미안. 그놈 자화상이 꽤 많군, 11시 방향에 그려진 자화상 말이야. 천장에 바짝 붙은 곳에 그려진 것. 찾았어?"

"네, 보여요."

"따라 그려봐."

"예? 전 그림 못 그리는데요."

"그냥 그려봐. 괜찮으니까."

건이 옆에 놓인 팔레트를 물끄러미 보았다.

여러 가지의 색의 물감이 잔뜩 짜여 있는 팔레트를 들고 잠시 벽화의 자화상을 보고 따라 그리던 건이 약 한 시간이나 심혈을 기울여 그림을 완성해 내자 그것을 본 암두시아스가 크게 웃었다.

"크하하! 아무리 그림 그리는 능력을 안 받았다고는 하지만 이건 너무 심하잖아? 으하하하."

건이 부끄러운 표정을 지었다.

그의 캔버스에는 키스카가 그려도 이것보다는 나을 것 같은 느낌을 주는 괴물 그림이 그려져 있었기 때문이다.

한참을 배를 잡고 웃고 있던 암두시아스가 간신히 웃음을 멈추고 말했다.

"하하, 오랜만에 제대로 웃어보는군. 자, 그럼 네가 그린 이 그림에서 느낀 감정에 대해 들어볼까?"

건이 다시 자신이 그린 그림을 돌아본 후 말했다.

"감정…… 이요?"

암두시아스가 건의 어깨에 한 손을 올리며 옆에 서서 말했다.

"너, 그림에서도 색을 볼 줄 알잖아?"

건이 크게 놀라며 암두시아스를 올려다보았다.

"그걸 어떻게……?"

"후후, 그건 나중에. 자, 네가 그린 그림에서는 어떤 감정이 느껴지지?"

건의 눈에 흑백으로 보이는 자신의 그림이 들어오자 붓을 놓고 고개를 숙였다.

"아무것도 느껴지지 않아요."

암두시아스가 아무렇지도 않은 듯한 손을 들어 벽에 그려진 자화상을 가리켰다.

"그럼 저건?"

건이 그의 손을 따라 자화상을 살펴보다가 여러 가지 색이 섞여 있는 그림을 보고 인상을 썼다.

"잘 모르겠어요. 여러 벽화가 섞여 있어서 그런지, 색이 여러 개로 흐릿하게 보여요."

암두시아스가 고개를 끄덕이며 웃었다.

"후후, 그래도 해태 눈은 아니었군. 그래 네 말이 맞아. 저 그림에는 여러 감정이 섞여 있다."

암두시아스의 말에 다시 한번 뚫어지게 벽화를 보던 건이 물었다.

"그림의 색이 섞여 있지만, 또 각기 색을 발하고 있어요. 색을 섞어 또 다른 색이 나는 것이 아니라, 섞인 색이 각기 빛을 뽑고 있는 것 같아요."

암두시아스가 히죽 웃었다.

"어디서 본 것 같지?"

건이 고개를 끄덕였다.

"악보. Fury의 악보에서 본 음표처럼 테두리가 있네요."

"후후, 좋아."

암두시아스가 앞으로 걸어 나와 벽화 앞에 서서 고흐의 자화상을 올려다보며 팔짱을 꼈다.

"반 고흐라는 녀석은 생전에 돈이 없어 거울에 비친 자신의 자화상으로 인물화 연습을 했다고 알려져 있어. 그래서 자화상이라는 이름의 그림이 많이 남아 있지. 자신의 모습은 그릴 시기와 당시의 상황에 따라 다른 감정을 지니고 있는데, 이 그림을 그린 시기는 '누이의 집을 방문한 후' 라고 정리해 볼 수 있겠지."

건이 의아한 눈으로 암두시아스에게 물었다.

"누이의 집을 방문 후요?"

암두시아스가 몸을 돌려 벽에 몸을 기댄 채 웃었다.

"그래, 이 녀석은 자기 누이를 사랑했었거든."

건이 아연실색한 표정으로 암두시아스를 보았다.

"누…… 누이를 사랑했다고요?"

암두시아스가 고개를 끄덕이며 실소를 지었다.

"그 녀석이 스물여섯 살 때였을 거야. 원래 험한 외모를 가지고 있던 반 고흐 녀석은 항상 자신이 사랑했던 여자들에게 실연을 당해왔었지. 자신이 일하던 화랑 주인의 딸에게 고백 했을 때도 차였고 말이야. 그러던 중 자신의 이종사촌 누이에 게 고백한 적이 있었어. 그것도 자기보다 여덟 살이나 연상인 과부한테 말이야."

건이 흥미로운 눈으로 암두시아스를 보고 있자 그가 미소 를 지으며 말을 이었다.

"근친이었으니 당연히 집안의 반대에 부딪혔고, 누이도 절대 안 된다며 거절했지만, 그 녀석은 끊임없이 그녀의 집에 찾아 가 구애를 했어. 결국, 참다못한 누이의 아버지가 그를 집안에 들이지 않자 타오르는 촛불에 손을 집어넣으며 '제 손이 이 뜨 거움을 견딜 수 있는 시간만큼만이라도 그녀를 만나게 해주시 오'라고 말했다더군."

건이 안타까운 눈빛으로 물었다.

"그래서요? 그 시간만큼 만났나요?"

"아니, 촛불에 손이 녹아 손가락이 붙어버릴 때까지 버텼지 만, 누이의 아버지는 둘을 만나지 못하게 하였어. 그리고 이 자 화상은 그 직후에 그려졌지."

"아…… 안타까운 이야기네요."

"워워, 남의 감정에 공감하고 있을 시간에 자신의 숙제부터 해결하라고."

암두시아스가 휘적휘적 걸어와 건의 앞에 서서 팔짱을 꼈다.

"자 퀴즈야. 그 당시 반 고흐의 얼굴에는 어떤 감정이 떠올라 있었을까?"

건이 잠시 고민해본 후 벽화를 뚫어지게 보았다.

"아마도 분노, 무기력, 신경질이겠죠?"

암두시아스가 손가락을 튕기며 말했다.

"맞아! 아까 말했듯이 반 고흐라는 녀석은 외모가 험했어. 그래서 여러 여자에게 차였지. 성적 욕구의 해결을 위해 동생 테오가 보내줬던 하숙비를 아껴 싸구려 창녀들을 상대했어야 할 만큼 말이야. 그러니 항상 자신을 사랑해 주지 않는 여인들에 대한 분노, 무기력, 신경질이 그림에 녹아 있었지. 그의 그림에서 자주 보이는 색을 알고 있나?"

건이 곰곰이 생각해 본 후 말했다.

"가장 먼저 생각나는 것은 노란색이에요."

암두시아스가 크게 고개를 끄덕였다.

"그래, 말을 잘 알아듣는군. 그런데 말이야, 그가 자주 사용하는 노란색은 그냥 노란색이 아니야, 주황색과 붉은색이 섞인 색이었지."

건이 마음속으로 이미지를 떠올려 본 후 이내 고개를 끄덕였다.

"정확히는 모르겠지만, 그냥 노란색이 아니라 갈색에 가까운 노란색을 자주 썼던 것으로 기억해요."

암두시아스가 히죽 웃으며 검지를 들었다.

"자, 그럼 다음 문제. 분노, 무기력, 신경질. 이 세 가지 감정의 색은 뭐지?"

"음…… 붉은색, 노란색, 주황색이에요."

암두시아스가 웃으며 건을 보았다. 건은 자신의 대답에 뭔가 문제가 있었는지 되짚어 보다가 입을 크게 벌렸다.

"아…… 붉은색, 노란색, 주황색이 섞인 노란색…… 그것이 반 고흐의 감정……."

암두시아스가 다시 한번 손가락을 탁 튕기며 박수를 쳤다.

"그래! 하하, 생각보다 똑똑한 녀석이라 가르칠 맛이 나는군."

암두시아스가 빈 캔버스에 앉아 붓을 들었다.

"색을 합치는 방법을 알고 있나?"

건이 고개를 끄덕이며 말했다.

"여러 가지 방법이 있는 것으로 알고 있어요. 직접 섞을 경우 물감 자체를 섞는 경우도 있고, 캔버스에 색을 칠한 후 브러쉬로 빗어서 섞는 방법도 있다고 들었어요."

"호오? 그림 실력은 없는 녀석이 꽤 많은 걸 알고 있군?"

건이 불만스러운 표정으로 말했다.

"그림을 못 그린다고 그림 보는 것을 싫어하는 것은 아니거든요?"

암두시아스가 재미있다는 듯 웃었다.

"크크크, 내 앞에서 그런 표정을 지을 수 있는 인간이라니. 크하핫, 재미있군."

건이 자신을 째려보자 다시 한번 웃음을 터뜨린 암두시아스가 박수를 친 후 붓을 들어 팔레트에 짜인 물감 중 붉은색을 붓에 발랐다.

"자, Fury의 악보에는 이 붉은색과 자주색 테두리가 그려져 있었어. 그렇지?"

캔버스에 붉은색 줄을 길게 그은 암두시아스를 보던 건이 고개를 끄덕이자, 암두시아스가 붓에 자주색 물감을 적시고 붉은색 선 밑에 다시 줄을 그었다.

"자 이 두 가지의 감정은 분노와 애정이야. 둘을 합치면 '애증'이라는 감정이 되겠지. 사랑하지만 증오하는 복잡한 감정 말이야. 이해돼?"

건이 고개를 끄덕이려다가 턱을 괴고 물었다.

"하지만 붉은색이 나타내는 감정은 분노 한 가지만이 아니에요. 정열, 유혹, 활력, 혁명, 적극, 용기, 힘이라는 감정을 나타내는 색이기도 하죠."

암두시아스가 입을 동그랗게 만든 후 휘파람을 불었다.

"휘유! 이거 생각보다 혼자 많은 연구를 했군. 좋아, 아주 좋아!"

암두시아스가 자주색 선을 가리키며 말했다.

"네 말대로 붉은색은 그런 여러 가지 감정을 나타내지 그럼 자주색은?"

"연모, 애정, 화려함, 아름다움, 슬픔, 흥분이라는 감정을 가진 색으로 알고 있어요."

"그렇지! 아주 좋아!"

박수를 치며 좋아하는 암두시아스를 물끄러미 보던 건이 한숨을 쉬었다.

"그러니까…… 이 많은 감정의 색을 섞어 내가 원하는 감정을 표현하려면 어떻게 해야 할까요?"

암두시아스가 박수를 치다가 말고 건을 돌아보았다.

"풉, 역시 똑똑해도 인간은 인간이군."

"예? 당신은 인간이 아닌가요?"

"아니지."

"그럼 뭔데요?"

"후훗, 몰라도 돼."

"에이, 그게 뭐예요?"

"크하하, 하여튼 말이야. 한 가지 물어보자."

"네 뭔데요?"

장난스러운 표정을 짓는 암두시아스가 건에게 바짝 다가와 물었다.

"넌 악보를 그릴 때 여러 가지 색의 색연필로 음표를 그리나?"

건이 살짝 몸을 뒤로 빼며 인상을 썼다.

"제가 낙서하는 꼬마도 아니고 그런 짓을 왜 해요?"

암두시아스가 웃겼는지 킥킥대며 말했다.

"킥킥, 그저 검은색 펜으로 그리지? 그런데 악보에 들어간 음표에는 색이 나오네? 왜일까?"

"그건……."

건이 답이 생각나지 않아 우물쭈물하자 암두시아스가 웃었다.

"그림과 다르다. 이것은 단지 이해를 돕기 위한 예시일 뿐이야. 네가 악보를 그릴 때 사용하는 물감은 진짜 물감이 아니야. 음표를 그릴 때 머릿속에 떠올리는 감정, 그것이 바로 네가 악보라는 그림을 그릴 때 사용하는 물감이야."

건의 눈이 파르르 떨렸다.

고개를 숙이고 생각에 잠기는 건을 본 암두시아스가 크게 고개를 끄덕이며 미소를 지은 후 자리에서 일어나 문을 열자, 문밖에 팔짱을 끼고 있던 두 남자가 암두시아스를 보았다.

두 남자에게 눈짓으로 인사를 건넨 암두시아스가 소리가 나지 않게 문을 닫은 후 말했다.

"대충 전했습니다, 가마긴 각하."

가마긴이 문 옆의 벽에 몸을 기대고 팔짱을 낀 후 말했다.

"음, 밖에서 들었네. 머릿속에 떠오르는 감정을 물감 삼아 음표를 그려야 한다고?"

암두시아스가 고개를 끄덕이며 닫힌 문을 보았다.

"하나의 음표를 그리는 동안에도 표현하고자 하는 수십 가지의 감정을 집중해서 떠올리는 것이 핵심입니다. 아마 아직은 두 개의 감정을 섞기도 어렵겠지만, 평생 노력한다면 몇 가지 감정을 한 음표에 표현하는 것도 가능할 겁니다."

두 사람에 비해 조금 키가 작은 금발의 미소년이 옆에서 물었다.

"그래서? 아이가 그것을 깨닫는 데 얼마나 걸릴까?"

암두시아스가 미소년을 힐끔 본 후 말했다.

"글쎄요, 아이의 머리가 생각보다 좋아서 그리 오래 걸리지 않을 것 같습니다만, 적어도 며칠은 걸리지 않을까요, 파이몬 님?"

파이몬이 입술을 삐죽 내밀며 가마긴을 돌아보았다.

"시간을 조절한다 하더라도 인간 세계의 시간 기준의 한 시간을 이곳의 하루로 조절할 수 있습니다, 가마긴 각하. 다른 이가 이상하게 생각하지 않을 만큼의 시간이라면 마계의 시간으로 최대 8일 정도일 것 같군요."

가마긴이 고개를 끄덕인 후 벽에 기댄 몸을 바로 세웠다.

"좋아. 8일간 이곳에 머물지. 부탁하네, 암두시아스."

"예, 가마긴 각하. 영광입니다."

가마긴이 암두시아스의 어깨를 두드려 준 후 앞서 걷다가 창밖에서 바이올린을 켜고 있는 니콜로 파가니니를 힐끔 본 후 물었다.

"자네 취향도 참 잔혹하군. 저렇게 눈에 구멍이 뚫리고 피눈물을 질질 흘리고 있는 녀석을 정원에 세워놓고 연주를 시키다니 말이야. 아이가 볼까 두렵군."

암두시아스가 창밖을 힐끔 본 후 이를 드러내었다.

"그것이 계약 조건이었으니까요."

파이몬이 암두시아스의 엉덩이를 발로 툭 치며 말했다.

"그러니까, 그런 변태 같은 계약을 왜 했냐고."

암두시아스가 바지에 묻은 먼지를 털며 말했다.

"저 녀석이 하도 애타게 찾아서 갔는데 저놈이 가진 것 중 탐이 나는 것이 없었습니다. 뭘 가져올까 고민하다가 정원에 항상 음악이 있었으면 하는 마음에 저런 계약을 한 것이죠."

"그럼 저 녀석은 영원히 저 꼴로 살아야 돼?"

"후후, 제가 풀어주기 전까지는 그렇지요. 하지만 계약상 저 녀석은 영원히 저기에 서 있어야 할 겁니다."

"쳇, 변태 악마 같으니."

"하하, 악마치고 변태 아닌 녀석이 어디 있습니까? 차나 한 잔하시지요."

암두시아스가 두 사람을 데리고 주방으로 향하다가 자신을 마주치고 고개를 깊게 숙이는 나탈리에를 발견하고 그녀의 머리를 쓰다듬어 주며 말했다.

"아이와 이야기를 하고 싶은가?"

나탈리에가 말없이 조금 더 고개를 숙이자, 암두시아스가 가마긴을 힐끔 보았다.

가마긴이 천천히 고개를 끄덕이는 것을 본 암두시아스가 조금 밝은 표정으로 말했다.

"저 아이는 8일가량 여기서 머물 것이다. 나탈리에 네가 아이를 보살펴 주어라."

고개를 숙였던 나탈리에가 밝은 표정으로 고개를 들었다.

아름다운 그녀의 얼굴에 화사한 미소가 피어오르는 것을 본 암두시아스가 고개를 끄덕이며 그녀의 어깨를 두드려준 후 두 사람과 함께 어두운 복도로 사라지자 신이 난 표정의 나탈리에가 황급히 주방으로 달려가 쿠키와 커피를 들고 건이 있는 방으로 달려갔다.

건이 있는 그림의 방문 앞에서 숨을 고른 나탈리에가 살짝 문을 열고 안을 바라보자 여전히 캔버스 앞에 앉아 고개를 숙이고 무언가 생각에 잠겨 있는 건이 들어왔다.

조용히 다가가 건의 옆에 커피와 쿠키를 놓고 건을 살펴보던 나탈리에가 너무나 집중하고 있는 건의 옆모습에 말을 걸지 못하고 그대로 기다렸다.

건이 감은 눈을 뜬 것은 세 시간이 지난 후였다.

장시간 앉아서 생각에 잠겼던 건이 자리에서 일어나며 굳었던 근육을 풀려는지 기지개를 켰다.

"으드드드드. 어? 나탈리에 님?"

어느새 자신의 옆에 서 있는 나탈리에를 본 건이 기지개를 켜던 자세 그대로 몸을 굳히자 입을 가리고 웃던 나탈리에가 세 시간이 지났음에도 아직 김이 모락모락 나고 있는 커피와 쿠키를 내밀며 말했다.

"이것 좀 드세요."

"아, 감사합니다! 출출했는데 마침 잘 되었네요. 하하"

"매일 아이스크림을 사다 주시는 분인데, 이 정도는 아무것도 아니죠."

"하하, 매일 아이스크…… 예?"

"호호, 드세요."

건이 고개를 갸웃하며 커피를 한 모금 마시자 암두시아스가 앉았던 의자를 끌어와 앉은 나탈리에가 나직한 어조로 물었다.

"키스카는 잘 지내고 있나요?"

"네…… 뭐…… 어? 아까부터 물어보고 싶었는데 키스카를 아세요?"

건의 눈에 비친 아름다운 나탈리에가 환하게 웃음을 지었다.

나탈리에가 건의 손을 이끌고 성의 가장 꼭대기 층으로 올랐다. 끝도 없이 이어지는 긴 계단을 아래에서 올려다보고 한숨을 쉬었던 건은 각 층에 설치된 검은 소용돌이로 들어가자 순식간에 꼭대기 층에 도달하는 것을 보고 꽤나 놀란 듯 보였다.

눈을 동그랗게 뜨고 주위를 보고 있는 건의 모습이 재미있었는지 웃음을 지은 나탈리에가 가장 꼭대기 층의 검은 소용돌이에서 빠져나오며 말했다.

"혼자 여기로 들어가시면 안 돼요. 암두시아스 님의 증표를 가진 자만이 통과할 수 있는 곳이니까요. 만약 혼자 여기로 들어가신다면 차원의 틈에 빠져 어디로 나가게 될지 모르니 절대 혼자는 들어가지 마세요."

건이 자신이 빠져나온 검은 소용돌이를 뒤돌아보며 작게 고개를 끄덕였다.

"신기하긴 해도 혼자 들어가고 싶은 생각이 들지는 않네요, 하하. 그리고 꿈인데 설마 다른 차원에 떨어진다고 해도 깨면 그만인걸요."

나탈리에의 얼굴에서 미소가 사라졌다.

나탈리에가 걸음을 멈추고 건을 정면으로 올려다보았다.

"잘 들어요, 이곳은 당신의 꿈입니다. 하지만 저 안에 들어가는 순간 당신은 꿈에서 영원히 깨지 못해요."

심각한 얼굴의 나탈리에를 본 건이 얼떨결에 고개를 끄덕였다.

"네……. 아, 알겠습니다."

건이 알아들은 것 같자 다시 표정을 푼 나탈리에가 미소를 지으며 검은색에 가까운 짙은 갈색의 문을 열었다. 방 안은 무척 넓었다.

건이 알고 있는 평수 개념으로 백 평은 가뿐히 넘을 것 같은 방은 천장과 바닥이 모두 검은 대리석으로 만들어져 있었고, 방 정 중앙에 침대 하나만 덜렁 있는 황량한 방이었다.

아무것도 없는 방에 침대 하나만 놓여 있는 것을 본 건이 위화감을 느끼며 나탈리에를 따라 방으로 들어갔다.

침대 앞에 선 나탈리에가 건을 돌아보며 천장에서 내려온 분홍색 굵은 줄을 가리켰다.

"뭔가 필요하면 이 줄을 잡아당겨요. 저를 부를 수 있답니다."

건이 분홍색 줄을 만져보며 물었다.

"아…… 여기가 제가 지낼 방인가 보군요. 저…… 그런데 화장실은 어디인가요?"

"호호, 말했듯이 여기는 당신의 꿈이에요. 화장실은 필요하지 않을 거랍니다."

"아……. 그렇죠, 참. 알겠습니다."

창문도 없는 방이었지만 워낙 넓은 방이라 답답함이 느껴지지는 않았다. 통풍이 잘되는지 공기도 신선했고 건이 생활하기에 가장 최적화된 온도가 유지되는 방을 둘러본 건이 침대에 걸터앉자 나탈리에가 물었다.

"주무시기 전에 필요하신 것이 있나요?"

건이 부드러운 침대를 만져본 후 고개를 저으려다가 문득 생각났다는 듯 말했다.

"오선지와 펜을 주시겠어요? 자기 전에 연습해 보려고요."

"네, 알겠습니다. 혹시 모르니 커피와 간단한 다과도 준비해 드릴게요."

나탈리에가 방을 나가자 넓은 방에 혼자 남아 침대에 앉아 있던 건이 오늘 있었던 일을 떠올리며 침대 위로 두 발을 올렸다.

'키스카를 알고 있는 사람이라, 꿈이라서 그런 걸까? 원래 내 생활에 대해 알고 있는 눈치였어. 암두시아스라는 사람도 말이야.'

건이 높은 천장을 올려다보자 천장에 새겨진 거대한 눈이 보였다. 자신을 노려보고 있는 듯한 거대한 눈은 백 평가량의 방 천장이 가득 찰 만큼 컸다.

몸에 소름이 돋은 건이 시선을 돌리며 목을 움츠렸다.

'이번 꿈은 왜 이리 기괴해! 무섭잖아, 칫.'

잠시 후 건이 요구한 것을 챙겨 들어온 나탈리에가 침대 옆에 물건들을 놓아두고 말했다.

"그럼 잘 자요. 이곳은 기상 시간이나 정해진 식사 시간이 없으니 당신이 원할 때 줄을 잡아당기면 됩니다."

"아…… 그렇군요, 잘 알겠습니다."

"그럼."

나탈리에가 방을 나서자 완전히 혼자 남겨진 건이 잠을 자보려 누웠다가 천장에 보이는 거대한 눈을 보고 다시 벌떡 일어났다. 침대에서 두 발을 내린 건이 머리를 긁다가 나탈리에가 두고 간 오선지를 보고는 펜과 악보를 잡았다.

'꿈에서까지 잘 필요는 없겠지? 차라리 연구를 더 해보자.'

사각사각 펜이 움직이는 소리만 들리고 건의 나직한 숨소리 외에 모든 소리가 사라지자 천장에서 건을 내려다보고 있던 거대한 눈이 살짝 움직였다.

건이 기척을 느끼고 천장을 올려다보았지만, 여전히 소름 끼치는 거대한 눈동자를 보고는 목을 움츠리고 다시 악보를 써 내려가는데 집중하는 건이었다.

암두시아스의 성 거실.

건이 맨 처음 그를 만난 응접실에 세 남자가 앉아 대형 멀티 비젼에 비치는 건의 모습을 보며 담소를 나누고 있었다.

파이몬이 준비된 커피를 한 모금 마신 후 대형 멀티 비젼을 살펴보았다.

"이거 신형이야? 내 성에 있는 것보다 좋아 보이는데?"

암두시아스가 자신에 찬 웃음을 지으며 말했다.

"가마긴 각하의 성에서 이것을 본 후 바로 하나 구했습니다, 하하. 인간 놈들은 신기하게도 이런 것은 잘 만들죠. 마계에서야 만들 필요가 없어서 안 만드는 것이지만 서로 경쟁한다 해도 인간 놈들의 기술이 앞설 것 같더군요."

멀티 비젼을 기웃거리며 살펴보는 파이몬과 달리 건의 집중하고 있는 모습에만 관심을 두고 있던 가마긴이 여유로운 포즈로 물었다.

"자네가 보기에 어떤가? 저 아이가 두 가지 감정을 합치는데 8일이면 될까? 만약 불가능하다면 한 번 더 데려와야 하네. 그렇게 되면 조금 부담이 되지. 다른 군주들이 눈치챌 수 있으니 말이야."

암두시아스가 침대 위에 쪼그리고 앉아 악보 그리는 연습을 하고 있는 건을 보며 말했다.

"음, 저 아이는 다른 녀석들과 다릅니다. 아마도 저의 눈이

나 파이몬 님의 목소리를 가진 다른 뮤지션들과 다른 것이 당연하겠죠. 가마긴 님의 지혜를 가진 아이니까요. 무서운 이해력과 집중력을 가졌습니다. 아까도 보시지 않으셨습니까? 제가 방에서 나온 후 세 시간이나 움직이지도 않고 생각에 잠기는 모습을요."

파이몬이 여전히 멀티 비전을 살펴보며 말했다.

"쟤는 원래 저래. 연습실에서도 갑자기 멍해지면서 서너 시간 동안 뭔가 생각하기도 하는 애라고."

암두시아스가 그런 파이몬을 보며 피식 웃었다.

"가마긴 각하께서 맨 처음 저 아이에게 부여했던 능력은 단지 아름다움뿐이 아니었습니다. 그렇지요?"

가마긴이 고개를 끄덕였다.

"그렇지, 아름다움과 지혜를 선물했었어. 그래서 아이가 큰 노력 없이 공부를 잘했고, 언어 능력도 탁월해진 것이지. 음…… 자네 말대로라면 자네의 눈, 파이몬의 목소리를 얻어 음악을 해서인지 감에 있어 나의 지혜가 음악적 이해를 돕는 도구로 변했다는 것이군?"

"네 맞습니다, 각하. 잠시 이야기를 나누어 보고 느낀 것입니다만, 저 밖에서 바이올린을 켜고 있는 멍청이와는 다른 아이였습니다."

암두시아스가 자신의 미간을 검지로 톡톡 치며 웃었다.

"머리가 좋습니다, 머리가."

"좋아, 최선을 다해주게."

"네, 맡겨 주십시오, 각하."

♪♫♩

건은 이틀간 방에서 나오지 않았다.

간간이 하도 자신을 부르지 않는 건이 걱정된 나탈리에가 찾아갔지만, 침대에 앉아 악보에 집중하고 있던 건은 나탈리에가 들어왔다가 나갔다는 것도 모를 지경으로 집중력을 발휘하고 있었다.

이틀째 되는 밤, 침대에 앉은 채 잠이 들어버린 건의 방에 암두시아스가 나타났다. 그는 이틀간 한 번도 다른 것에 정신을 팔지 않고 집중한 건을 내려다보며 징글징글하다는 듯 고개를 저었다.

"인간 아이라고 생각할 수 없는 집중력이군."

암두시아스가 건의 침대에 놓인 악보 노트를 집어 들고 넘겨 보았다. 악보 노트에는 여러 가지 색의 음표들이 중구난방으로 적혀 있었다.

이틀간 백 장이 넘는 노트에 빼곡하게 적어놓은 음표들을 보던 암두시아스의 눈이 노트의 마지막 장을 보는 순간 더 없이 커졌다. 한참 노트를 보던 암두시아스의 눈이 잠이 든 건의 얼굴로 향했다.

"이틀? 이틀 만에 이것을 해냈다고?"

암두시아스의 손에 들린 노트의 마지막 장에 붉은색에 검은색 테두리가 그려진 음표가 그려져 있었다.

"사랑과 비애. 슬픈 사랑이라……."

암두시아스의 표정이 달라졌다. 팔짱을 끼고 건을 내려다보던 그가 건의 곁을 서성거리며 한참을 생각에 잠겼다.

고민스러운 표정을 짓던 그가 방을 나선 것은 약 한 시간이 지난 후였다. 방문을 열고 검은 복도에 선 그가 나직한 목소리로 말했다.

"나탈리에."

복도의 어둠 속에서 나탈리에의 하얀 얼굴이 튀어나와 암두시아스의 옆에 시립 하자, 그가 말했다.

"아이가 일어나는 즉시 그림의 방으로 데려오라."

나탈리에가 살짝 무릎을 굽히자, 암두시아스가 그 자리에서 사라졌다.

몇 시간이 지났을까?

잠이 들었다는 사실도 몰랐던 건의 눈이 살며시 떠졌다.

여전히 천장에서 자신을 내려다보고 있는 거대한 눈동자를 본 건이 눈을 비비며 침대에서 일어나다가 침대 옆에 누군가 서 있는 것을 느끼고는 화들짝 놀랐다.

"놀랐나요? 미안해요."

온화한 나탈리에의 음성이 들리자 마음을 가라앉힌 건이 고개를 저으며 웃었다.

"아니에요, 괜찮아요."

큰 쟁반에 세숫물을 담아 온 나탈리에가 수건을 팔에 두르고 말했다.

"암두시아스 님이 부르세요. 간단히 씻은 후 바로 가셔야 해요."

"아, 네."

건이 그녀가 내민 세면도구들로 대충 얼굴을 씻은 후 그녀를 따라 성을 내려갔다.

그림의 방 앞에 도착한 나탈리에가 몸을 돌려 건을 올려다보며 말했다.

"들어가세요."

나탈리에는 들어가라는 말만 남기고 그 자리에서 사라졌다. 갑자기 사라져 버린 나탈리에가 있던 자리를 멀뚱히 보던 건이 문을 열자, 그림의 방 안에는 어제와 달리 거대한 식탁이 놓여 있었다.

열 명은 족히 앉을 수 있는 테이블에 암두시아스가 혼자 앉아 팔꿈치를 식탁에 대고 깍지 낀 손을 입에 댄 채 건을 보고 있었다.

"어, 일어났나?"

건이 살짝 인사를 하며 테이블로 다가서서 어디에 앉아야 할지 몰라 우물쭈물하자 암두시아스 맞은편 의자가 저절로 빠져나왔다.

놀란 건이 의자를 보자 암두시아스가 웃으며 말했다.

"앉게."

건이 두려운 표정을 지었다가 꿈이라는 것을 다시 한번 상기하고는 의자에 앉았다. 거대한 식탁에 차려진 음식들은 둘이 먹기에는 그 양이 너무 많은 듯싶었다.

식탁 앞에 세팅된 식기를 보던 건이 다른 자리에도 식기들이 세팅되어 있는 것을 보고 물었다.

"다른 분들이 더 계신가요?"

암두시아스가 살짝 미소를 지으며 고개를 끄덕였다.

"응, 곧 오실 거야. 조금만 기다렸다 함께 아침을 먹지."

"누구신데요? 여기 와서 본 사람이라고는 암두시아스 님과 나탈리에 님뿐인데."

"음…… 뭐라고 해야 할까? 나보다 너를 더 잘 아는 분들이라고 해야 할까?"

"저를요? 누구신데……."

그저 미소를 지으며 입을 닫아버린 암두시아스를 의아한 눈으로 보던 건의 귀로 문이 열리는 소리가 들렸다.

고개를 돌린 건의 눈에 문 앞에 서 있는 두 남자가 들어왔다. 건의 맞은편에 앉은 암두시아스가 자리에서 일어나며 정중히 허리를 숙이며 말했다.

"일어나셨습니까?"

건의 눈에 무표정한 검은 장발의 미남과 웃는 얼굴의 금발 미소년이 들어왔다.

건이 엉거주춤하게 일어서자 금발 미소년이 한 손을 들며 웃음 지었다.

"안녕? 괜찮으니 그냥 앉아 있어. 너와 함께 식사하는 날이 오다니, 으하하."

늦게 들어온 두 사람 중 검은 장발의 남자가 테이블 상석에 앉자 기다리던 암두시아스와 금발 미소년 역시 자리에 앉았다.

금발 미소년은 건의 옆에 앉았는데 연신 싱글거리며 건의 얼굴을 살펴보는 것에 여념이 없었다. 건은 금발 미소년의 눈길이 부담스러웠지만, 그것보다는 상석에 앉은 장발의 남자에게 신경이 쓰였다.

'왜지? 뭔가 익숙한 이 분위기는 뭘까? 분명 처음 보는 사람인데……'

장발의 남자가 세 사람을 바라보다가 식기를 들었다.

"들지."

금발 미소년이 식기를 들며 웃는 얼굴로 말했다.

"처음 보는 자리인데 통성명이라도 해야 하지 않을까요?"

식기를 들었던 가마긴이 잠시 멈칫하다가 다시 식기를 자리에 놓고 건을 보았다.

"가마긴이라고 하네."

금발 미소년이 싱그럽게 웃으며 소리쳤다.

"난 파이몬! 반가워!"

건이 자세를 바로 하며 말했다.

"아, 반갑습니다. 케…… 아니, 건이라고 합니다."

파이몬이 웃으며 와인 잔에 담긴 물을 들어 올렸다.

"그래, 알아. 너와 함께 식사할 수 있는 날이 올 거라고는 생각하지 못했어."

건이 의아한 표정으로 그를 보다가 가마긴 쪽으로 고개를 돌리며 물었다.

"저기…… 우리 어디서 본 적 있지 않나요?"

가마긴이 짙은 미소를 짓다가 식기를 들었다.

"글쎄? 먹자고."

먹음직스러운 송아지 스테이크를 잘라 한입 먹은 가마긴이 건에게도 먹어보라는 듯 고갯짓을 했다.

가만히 접시 위에 놓인 스테이크를 바라보던 건이 식사를 시작하는 것을 본 파이몬이 입안에 음식물을 넣고 우물거리며 바구니에 가득 담긴 샌드위치 하나를 꺼내어 건의 접시에 올려주었다.

"이거 좋아하지? 네가 좋아하는 가게에서 산 거야."

파이몬이 건네준 샌드위치는 로건의 빵집에서 먹던 아보카도 샌드위치였다. 놀란 눈으로 파이몬을 본 건이 물었다.

"예? 우리 오늘 초면 아니었어요? 이걸 어떻게 아셨어요?"

"푸하하, 넌 우릴 몰라도, 우린 널 안다니까 그러네. 어서 먹어봐."

파이몬과 이야기를 나누며 식사를 하는 건을 지그시 보던 가마긴이 암두시아스에게로 고개를 돌렸다.

"아이가 자네가 가르친 것을 이미 흡수했다고?"

암두시아스가 입에 묻은 소스를 닦으며 말했다.

"네, 각하. 어젯밤에 이미 끝내 버렸더군요. 역시 머리가 뛰어난 아이입니다."

건이 식사를 하며 그들의 말에 귀를 기울였다. 옆에서 파이몬이 끊임없이 말을 시키는 바람에 절반도 알아듣지 못했지만 그들의 말을 훔쳐 듣기 위해 최선을 다하는 건이었다.

암두시아스가 그런 건을 힐끔 본 후 가마긴 쪽으로 몸을 숙이며 나직하게 말했다.

"이번에도 기억의 일부를 지우실 생각입니까?"

가마긴이 물을 한 모금 마신 후 고개를 끄덕였다.

"그래야겠지. 자네의 가르침을 제외한 기억을 지워야 할 테니 말이야."

암두시아스가 잠시 가마긴을 바라보다 멀리 문 앞에 공손히 시립해 있는 나탈리에를 본 후 말했다.

"나탈리에의 기억은 그냥 둬주시면 안 될까요?"

가마긴이 나탈리에의 모습을 바라보았다.

잠시 고민하던 가마긴이 이내 고개를 끄덕였다.

"그러지."

"고맙습니다, 각하."

"가만히 보면 자네도 참 정이 많아. 나야 그렇다 치고 자네는 뭐지? 악마 주제에 인간 여자에게 정을 주다니 말이야. 사랑하기라도 하는 건가?"

"하하, 그럴 리가요. 저 아이는 다른 아이들과 다릅니다. 생각이 깊고 착하죠. 말하지 않은 것도 알아서 챙길 줄 아는 아이이기도 하고요."

가마긴이 나탈리에를 힐끔 본 후 말했다.

"그건 저 아이의 자식이 내 아이와 함께하기 때문이 아닌가? 자네에게 잘해주는 만큼 자네가 내 아이에게 잘 해 줄 것이고, 그것이 그대로 저 아이의 자식에게 돌아갈 테니 말이야."

암두시아스가 피식 웃으며 말했다.

"저를 누구라고 생각하시는 겁니까, 각하. 후후 그 정도의 얄팍한 마음을 파악하는 것은 쉽습니다. 하지만 저 아이는 저에 대한 믿음을 가지고 있는 것 같더군요. 아마도 제 자식을 살려준 은혜를 갚으려는 것 같습니다. 모든 행동에서 저를 위함이 배어 나오거든요. 그래서 저 역시 저 아이를 아끼고 있지요."

시끄러운 파이몬의 말소리 속에서도 그들의 대화를 듣는 것에 성공한 건이 나탈리에 쪽으로 고개를 돌렸다.

'자기 자식을 살려줘? 무슨 말이야, 이게. 가마긴이 말하는 내 아이는 뭐고, 나탈리에의 자식을 암두시아스가 살렸다는 건 무슨 뜻일까?'

파이몬이 또 다른 음식을 건의 접시 위에 올려주며 웃었다.

"이것도 먹어봐. 이것도 맛있어!"

건의 옆에 앉은 파이몬은 삼촌이 어린 조카에게 하듯 연신 맛있는 것을 찾아 건의 접시에 올려주었다.

어색한 웃음을 지으며 미소를 지은 건이 파이몬을 힐끔거리며 생각했다.

'나보다 어려 보이는데, 왜인지 나보다 훨씬 나이가 많은 것 같기도 하다. 뭐지, 이 어린애 취급은?'

파이몬이 웃으며 말했다.

"너보다 나이 많은 것 맞아. 그리고 나한테 넌 어린애이기도 하고 말이야."

건이 대경하며 놀랐다.

"헉! 제, 제가 방금 입 밖으로 생각을 말했었나요? 죄, 죄송합니다. 저도 모르게."

"하하, 괜찮으니까 맛있게만 먹어. 네가 맛있게 먹는 걸 보기만 해도 배가 부르니까."

친한 척하는 파이몬의 눈치를 보던 건이 나직하게 물었다.

"저…… 파이몬 님. 우리도 어디선가 본 적이 있나요?"

파이몬이 싱긋 웃으며 물었다.

"왜?"

건이 손수건으로 입을 닦으며 말했다.

"아…… 뭔가 친숙한 느낌이랄까? 저기 암두시아스 님을 만났을 때는 안 그랬는데, 가마긴 님과 파이몬 님은 오늘 처음 보는 것인데도 왜인지 친숙하게 느껴져요."

파이몬이 장난스러운 웃음을 지었다.

"그으래애? 글쎄, 왜일까? 푸히히!"

건이 인상을 찌푸리며 말했다.

"그러지 말고 알려주시면 안 돼요? 저만 모르는 것 같아 어색해서 그래요."

"크하핫, 지금이 딱 좋아, 이 녀석아. 으하핫."

배를 잡고 웃는 파이몬을 보며 인상을 쓰던 건의 귀에 암두시아스와 가마긴의 대화가 다시 들어왔다.

암두시아스가 가마긴에게 나직하게 물었다.

"시바가 말했던 천사는 찾아내셨습니까? 아이 주위에 있다는 두 녀석 말입니다."

"음, 아직."

"가마긴 각하의 능력으로도 찾지 못하시는 겁니까? 제가 찾아볼까요? 아, 죄송합니다. 각하께서 못 찾으시는 것을 제가 찾아낼 수 있을 리 없군요."

"후후, 괜찮아. 아마도 미카엘의 힘이 내 눈을 가리고 있는 것 같다. 접근해 있다는 천사 놈들도 하위 천사는 아닌 것 같고 말이야."

"음……. 지켜보기에 아이의 길을 방해할 것으로 보이지는 않습니다만, 좀 꺼림칙하군요."

"계속 지켜봐야겠지."

건이 귀를 쫑긋하며 고개를 갸웃했다.

'천사? 도대체 '아이'가 누구야? 누구길래 천사들이 가까이 있다는 거지?'

암두시아스가 자신의 말에 귀를 기울여 훔쳐 듣고 있는 건을 힐끔 보았지만, 어차피 기억을 지울 것이라 상관없다는 생각이었는지 말을 이었다.

"짐작 가는 인간도 없으십니까?"

가마긴이 턱을 괴었다.

"음…… 의심 가는 것들은 몇 놈 있지."

"그게 누굽니까?"

가마긴이 포크로 테이블을 쿡 찍으며 말했다.

"맨 먼저 손린 이라는 아이. 인간 같지 않은 능력을 가진 아이야. 사람의 마음을 한순간에 움직여 버리는 능력을 가지고 내 아이를 돕고 있지."

암두시아스가 고개를 끄덕였다.

"그 아이는 저도 의심하고 있습니다. 현재 상황에서 가장 의심스러운 아이라는 것은 분명한 것 같습니다. 그럼 나머지 하나는요?"

"음…… 나머지 하나는 좀 어렵네. 저 아이의 행보에 가장 큰 도움을 준 인간에 대해 추려보았지. 가장 먼저 물망에 오른 인간은 둘이야."

암두시아스가 잠시 생각을 해본 후 말했다.

"병준이라는 아이도 들어가 있습니까?"

가마긴이 고개를 저었다.

"아니, 그놈은 아니야. 그저 순수하게 아이를 좋아하는 인간일 뿐이야. 자네와 신체를 접촉한 적도 있지 않은가? 그때 느껴지는 것이 있었는가?"

"그러고 보니 그렇군요. 느껴지는 것은 없었습니다."

"그래, 그럼 다음으로 남는 인간은 아이가 다니는 학교의 교수인 샤론 이즈민이라는 여자, 존 코릴리아노라는 남자, 레온틴 프라이스라는 늙은 여자가 남지."

"아이의 친동생의 영혼에 천사가 들어간 것은 아닐까요?"

"음…… 아닐 거야. 친동생은 아이의 행보에 전혀 도움이 되지 않았거든. 천사 녀석들이 돌대가리가 아니라면 그럴 리가 없지."

"그렇군요. 음……."

대화를 듣고 있던 건의 눈동자가 쉴 틈 없이 흔들렸다.

'손린 이사님이 천사라고? 교수님 중 천사가 있다니 이게 무슨 소리야?'

건이 눈을 뒤룩뒤룩 굴리는 것을 보며 웃음을 지은 파이몬이 과일 하나를 포크에 찍어 내밀었다.

"그만 훔쳐 들어. 들어봐야 다 까먹을 거라, 시간 낭비야. 크하하."

건이 파이몬이 내민 포크를 받아 들고 물었다.

"까먹어요? 잊어버린다는 뜻인가요? 왜요?"

"푸하하, 몰라도 돼."

파이몬의 말에 인상을 쓰는 건이었지만 왜인지 밉지 않은 그에게 실소를 보내는 건이었다.

잠시 파이몬을 보던 건의 시선이 가마긴에게로 향했다.

날카로운 눈매, 우뚝 솟은 콧날, 붉은 입술에 깊게 파인 눈을 가진 가마긴을 보던 건이 생각했다.

'어디서 봤는지 모르겠지만, 저 아저씨는 진짜 나와 닮았구나. 누가 보면 저 사람이 우리 아버지라고 생각할 만큼 말이야. 그래서 익숙한 느낌이 드는 걸까? 왜 나와 닮은 거지? 아니, 난 왜 저 아저씨를 닮은 거지?'

파이몬이 다른 과일 하나를 포크에 찍어 건네며 말했다.

"닮은 것이 당연하지 크하하."

"헉! 제, 제가 또 입 밖으로 말을 했나요?"

"킬킬킬, 그러게?"

"죄, 죄송해요."

"뭐가 죄송해, 그럴 수도 있는 거지. 먹어 과일은 깎은 지 오래되면 맛이 없어."

"네, 감사해요, 파이몬 님."

과일을 먹는 건을 지그시 보던 파이몬이 물었다.

"어때, 배우고 있는 것은 잘 되고 있어?"

건이 입가로 흘러내린 과즙을 닦으며 밝게 말했다.

"네, 진짜 어려웠어요. 몇 시간이 지났는지는 잘 모르겠지만, 꽤 오랜 시간 고민하고 연구하고 나서야 답을 찾았거든요."

"호오? 답을? 어떻게 하는 건데?"

건이 포크를 내려놓고 신이 나서 설명했다.

"마음속의 물감을 사용하는 방법의 핵심 포인트는 '염원'이었어요."

"염원?"

"네, 내가 담고자 하는 마음을 하나의 음표를 그리는 동안 수없이 되뇌는 것이죠. 처음에는 음표의 테두리가 생기지 않고 음표의 반이 각기 다른 색으로 나오더라고요. 수없이 연습해 결국 테두리를 그리는 법을 알아냈죠."

"호오 그래?"

가마긴과 대화를 나누던 암두시아스가 건의 말을 듣고 벌떡 일어났다. 갑자기 일어나 경악한 눈으로 건을 보는 암두시아스 덕에 식탁에 앉은 모두가 그에게 시선을 집중했다.

잠시 시간이 지나고 가마긴이 차분한 목소리로 물었다.

"왜 그러는가?"

경악한 눈으로 건을 내려다보던 암두시아스가 말했다.

"음표의 반이 변했다고?"

이번에는 모두가 건에게 시선을 집중했다. 모두가 자신을 바라보자 건이 계면쩍은 표정으로 뒤통수를 긁었다.

"네…… 그, 그런데 그건 테두리를 그리려고 하다가 실수해서 그만……."

암두시아스의 눈이 찢어질 듯 커지는 것을 본 파이몬이 몸을 뒤로 젖히며 어깨를 으쓱했다.

"왜 그래, 암두시아스? 아이가 놀라잖아?"

파이몬의 말에도 크게 뜬 눈으로 건을 보던 암두시아스가 한숨을 쉬며 말했다.

"하하…… 벌써 세 가지 감정을 싣는 방법까지 알아낸 건가? 하하……."

다시 자리에 털썩 주저앉는 암두시아스를 본 파이몬이 물었다.

"세 가지 감정?"

건 역시 궁금한 눈으로 암두시아스를 보았지만, 그는 입을 다물었다.

가마긴이 파이몬을 보며 눈짓하자 파이몬이 건을 돌아보며 말했다.

"잠깐 할 말이 있는데, 나 좀 볼까?"

파이몬이 자리에서 일어나자 암두시아스의 말이 궁금했던 건이 아쉬운 눈으로 그를 보다가 파이몬을 따라나섰다. 두 사람이 자리를 비우자 고민스러운 얼굴을 하고 있던 암두시아스가 중얼거렸다.

"위험해…… 이건 너무 빨라."

가만히 그를 보고 있던 가마긴이 물었다.

"뭐가 위험하다는 건가?"

암두시아스가 고개를 들어 가마긴을 보았다.

"각하의 능력과 저의 능력이 합쳐졌을 때 어떤 결과가 일어나게 될지 생각하지 않았던 것이 실수였습니다. 거기에 파이몬 님의 능력까지 합쳐지면 저 아이의 목소리에 어떤 힘이 담길지 상상이 가지 않는군요."

"자네의 능력과 나의 능력이라, 음악을 보는 눈과 지혜를 말함인가?"

"그렇습니다. 별생각 없이 전달하였는데, 가마긴 님의 능력을 받은 아이라는 것을 간과했군요."

"음, 아이의 능력이 너무 높아졌기 때문에 위험하다는 것인가?"

"예, 저 아이의 지금 능력은 인간 세상에서 유명세를 떨치며 한 시대를 풍미한 천재 뮤지션과 비슷한 수준입니다. 하나, 가마긴 님의 지혜가 더해져 있는 아이이기에 앞으로 어떤 발전을 하게 될지, 또 그것이 인간 세상에 해를 입히지 않는 수준일지 알 수 없게 되었습니다."

암두시아스를 보던 가마긴의 눈이 깊어지자, 암두시아스가 다급하게 말했다.

"기억을 지워야 합니다, 각하. 여기에 와서 배운 것 모두요."

암두시아스의 눈빛을 보던 가마긴이 고개를 저으며 자리에서 일어났다.

"그냥 두게. 책임은 내가 지지."

"예? 가, 각하!"

"됐네, 거기까지. 어차피 파이몬과 내가 아이를 지켜보고 있으니 걱정할 만한 일이 생겼을 때 즉시 대처가 가능하네."

"그건 그렇습니다만……."

"자네도 요새 아이를 지켜보고 있지?"

"아…… 네, 알고 계셨군요."

"자네도 아이에게 능력을 주었으니 그럴 자격이 있지."

"하하……. 뭐 그렇다기보다는 그저 재밋거리로 지켜보고 있습니다."

"그래, 자네까지 세 명의 고위 악마가 지켜보고 있는데 무슨 일이 생기겠나? 만약 생긴다 하더라도 바로 수습할 수 있을 게야. 걱정 말게."

"으음…… 알겠습니다, 각하."

그림의 방에서 이야기를 나누는 두 사람을 뒤로하고 밖으로 나온 파이몬이 문 옆에 시립 해 있는 나탈리에를 힐끔 본 후 말했다.

"따라와."

나탈리에가 흠칫 놀랐지만 두 말없이 파이몬과 건의 한 걸음 뒤에 섰다. 앞장선 파이몬이 내성 밖 정원으로 걸음을 옮겼다.

여전히 뒤돌아선 남자가 켜는 바이올린 소리가 아름답게

울려 퍼지는 정원 한구석 하얀 테이블과 의자가 놓인 곳에 도착한 파이몬이 뒤를 돌아보며 웃었다.

"두 사람, 잠시 여기에 있어 줘. 난 잠깐만 볼일 좀 보고 올게."

손수 건이 앉을 의자를 빼준 파이몬이 건이 자리에 앉자 나탈리에를 스쳐 지나가며 속삭였다.

"십 분이다. 그 안에 볼일 봐."

놀란 표정을 짓던 나탈리에가 자신을 스쳐 지나가 버린 파이몬의 뒷모습을 보다가 조용히 고개를 숙였다.

고마운 눈빛으로 그의 뒷모습을 바라보던 나탈리에가 함박웃음을 지으며 건의 곁에 앉았다.

"우리 키스카는 여전히 말을 하지 못하나요?"

건이 갑작스러운 나탈리에의 물음에 반사적으로 답했다.

"네, 그렇죠. 갑자기 나을 수 있는 것도 아니……?"

건이 자신을 보는 눈빛에 의문이 맴돌고 있는 것을 본 나탈리에가 품을 뒤져 작고 동그란 액자를 꺼냈다.

중세 시대의 시계같이 생긴 동그란 액자의 옆 버튼을 누르자 딸깍 소리를 내며 액자의 뚜껑이 열렸고, 그 안에는 나탈리에와 지금보다 조금 어린 모습의 키스카가 함박웃음을 지으며 찍은 사진이 있었다.

놀란 눈으로 액자를 보던 건이 나탈리에에게로 시선을 옮겼다.

"키스카와 원래 아는 사이세요?"

"호호, 그럼요. 잘 아는 사이에요."

"아, 그러셨구나, 이모? 고모?"

"호호, 비슷해요."

"아, 어쩐지 키스카의 느낌과 닮았다는 생각이 들긴 하더군요. 이거 반갑습니다, 건이에요."

"그래요, 알고 있어요."

또 다른 시종이 다과를 가져오자 그것을 받아 든 나탈리에가 건 쪽으로 다과를 내밀며 손짓했다.

"드세요."

"아, 방금 식사를 해서 그런지 배가 부르네요. 사양하겠습니다. 나탈리에 님은 식전이실 텐데 드세요."

건이 쿠키 하나를 들어 그녀에게 내밀자 공손히 쿠키를 받아 든 나탈리에가 환하게 웃었다.

"역시 착한 영혼이네요. 그래서 키스카에게도 그리 잘해주시는 것이고요."

"하하, 뭐 딱히 잘해주는 것도 없어요."

"함께 있어주는 것만으로 지금의 그 아이에게는 큰 도움이 돼요."

"아하하, 뭐 그건 그렇지만."

나탈리에가 포근한 표정으로 건을 바라보다 조금 어렵게 입을 떼었다.

"아이가 곧 말을 되찾게 될 거예요."

건이 크게 놀라며 나탈리에를 보았다.

"예?"

나탈리에가 살포시 웃으며 고개를 끄덕였다.

"키스카가 말을 하지 못하는 것은 병이 아니에요. 스스로 마음의 문을 닫은 것이죠. 지금 당장에라도 말을 하고 싶은 강렬한 의지가 생긴다면 입을 열게 될 거예요."

놀란 건이 얼떨떨한 표정을 짓자 나탈리에가 건의 손을 꼭 잡았다.

"아이가 말을 하게 되는 이유는 아마도 당신에게 있을 거예요. 아이에게서 나오는 첫 말이 부디 아름다운 말이 되었으면 해요. 부탁합니다, 부탁합니다."

자신의 손을 잡고 간절히 부탁하는 나탈리에를 본 건이 잠시 생각해 본 후 고개를 끄덕였다.

"네, 그건 저 역시 원하는 것이니까요. 그런데 언제 말을 하게 될지는 나탈리에 님도 모르시는 것인가요?"

"네, 몰라요. 하지만 그리 멀지 않을 거예요. 암두시아스 님의 말씀이니 틀림없을 것입니다. 그러니 다시 한번 부탁드려요. 키스카에게 잘해주세요."

"네, 꼭 그럴게요. 하하."

그제야 건의 손을 놓은 나탈리에의 눈에 멀리 건물 뒤에 숨어 이쪽을 바라보고 있는 파이몬이 들어왔다.

나탈리에가 자신을 보자 황급히 건물 뒤로 몸을 숨긴 파이몬이었지만 이미 파이몬의 위치를 확인한 나탈리에가 곱게 웃으며 일어나 건물 뒤로 다가갔다.

다시 한번 고개를 내밀고 눈치를 보다가 자신에게 다가오는 나탈리에를 보고 화들짝 놀란 파이몬이 옷매무새를 가다듬으며 건물을 돌아 나와서는 근엄한 표정으로 물었다.

"음, 볼일은 다 봤나?"

파이몬의 말투를 들은 나탈리에가 그가 귀엽다는 듯 곱게 웃었다.

그녀의 웃음을 보고 이미 눈치챘음을 느낀 파이몬이 헛기침을 했다.

"어험, 딱히 배려한 것은 아니야."

나탈리에가 치맛자락을 잡고 살짝 무릎을 굽혔다.

"파이몬 님께 그저 감사할 뿐입니다. 제 볼일은 다 보았으니 그만 돌아오세요."

"흠흠, 알았어. 일 봐."

"네, 감사했습니다."

떠나는 나탈리에를 보던 파이몬이 잠시 머리를 긁적이다 성 위쪽을 보았다.

중간층의 창문에서 암두시아스가 밖을 내다보는 것을 본 파이몬이 고개를 살짝 끄덕인 후 건에게 말했다.

"이제 올라가자."

건이 고개를 갸웃하며 자리에서 일어났다.

"뭐, 할 말 있으시다면서요?"

"어? 아, 뭐더라, 아 그래! 요, 요새는 아버지가 안 때려?"

건이 인상을 찌푸리며 말했다.

"제가 몇 살인데 맞아요? 고등학교 때 이후로 맞은 적 없어요."

"아, 아, 그래? 다, 다행이네. 가자."

"그 말 하려고 여기까지 데려오신 거예요?"

"아, 뭐 그렇지. 좋은 이야기도 아니잖아."

건이 파이몬을 따라 걷다가 문득 물었다.

"그런데 아버지 이야기는 어떻게 아세요?"

파이몬이 크게 헛기침을 하며 손을 휘휘 저었다.

"어험! 어험! 한겨울에 웬 모기가! 훠이!"

걸음을 빨리 걷는 파이몬을 보던 건이 인상을 찌푸리며 그를 쫓았다. 금방 그림의 방 앞에 도착한 파이몬이 뒤따라오던 건을 기다렸다가 건의 입이 다시 열리기 전에 황급히 문을 열었다.

방 안에서 자신을 기다리고 있는 두 사람을 본 건이 파이몬을 힐끔 보았지만 능청스럽게 휘파람을 불며 딴청을 피우는 파이몬이었다.

건이 들어오는 것을 본 가마긴이 암두시아스를 보며 말했다.

"그럼 말한 대로 부탁하지."

암두시아스가 고개를 깊게 숙인 후 자리에서 일어나 들어오는 건과 스쳐 지나가며 말했다.

"다시 널 찾아가겠다."

잠시 후 다시 만나자는 수준으로 이해한 건이 고개를 끄덕이자 암두시아스가 나가며 문을 닫았다. 거대한 그림의 방 안에 가마긴과 둘만 남은 건이 어색하게 서 있자, 가마긴이 자리를 권했다.

"앉지."

건이 엉거주춤 자리에 앉자 가마긴이 웃음을 지었다. 자신을 보고 웃음 짓는 가마긴 덕에 어색함이 조금 가신 건이 간신히 얼굴에 미소를 걸자, 가마긴이 말했다.

"그래, 많이 배웠나?"

"네, 많이 배웠어요. 지금까지 학교에서 배웠던 어떤 배움보다 값진 배움이었네요."

"좋아, 잘 되었군."

"이번 꿈은 좀 재미있네요. 여러 꿈을 꾸어왔지만 이런 꿈은 처음이에요."

"후후 그랬나?"

"네, 그리고 꽤 길기도 하고요."

"그래, 꽤 길게 꾸었지. 이제 돌아갈 때가 된 것 같군."

"예? 지금요?"

"음, 더 있으면 안 될 것 같거든."

"왜…… 왜요?"

"필요 이상의 능력이 전해지면 안 되거든. 하지만 돌아가서 스스로에 대한 노력을 게을리하지 않는다면 넌 지금 가진 능력만으로도 충분히 더 스스로를 발전시킬 수 있을 거야."

"그게 무슨 말씀이……."

가마긴의 눈빛이 붉게 변하는 것을 본 건이 깜짝 놀라며 그의 눈을 보았다. 눈을 피하고 싶었지만, 고개가 움직이지 않았던 건이 식은땀을 흘리며 비명을 질렀다.

"끄…… 끄으으으으!"

눈동자를 뚫고 뇌를 녹여 버릴 것 같은 붉은 눈빛을 받은 건이 테이블 위로 쓰러졌다. 그 모습을 가만히 내려다보던 가마긴이 자리에서 일어나자 문이 열리며 파이몬이 고개를 내밀었다.

"끝났습니까?"

가마긴이 쓰러진 건을 고갯짓으로 가리키자 파이몬이 다가와 건의 흩어진 머리카락을 정리해 주었다.

"미안해. 언젠가 내 성에도 놀러 오게 해줄게."

가마긴이 인상을 쓰며 말했다.

"자네 성에 가려면 지옥에 가야 하잖아. 아이는 내가 천사로 돌아갈 때 함께 천국으로 데려갈 것이니 노리지 말게."

파이몬이 장난스럽게 바닥을 가리켰다.

"여기도 지옥입니다만?"

가마긴이 눈살을 찌푸리며 주위를 보다가 말했다.

"빨리 내보내야겠군."

"푸하핫, 알겠습니다. 제가 보내주고 오죠."

"부탁하네."

♪♪♪

인간 세계의 기준으로 약 세 시간이 지난 새벽녘 아무도 없는 건의 방 천장에 다시 검은 소용돌이가 쳤다.

빙글빙글 돌며 음울한 빛을 토해내던 소용돌이 속에서 기절한 건을 안아 든 파이몬이 천천히 내려와 침대 위에 건을 눕히고 그의 머리를 매만져 주었다. 한참 건을 내려다보던 파이몬이 싱긋 웃으며 말했다.

"또 보자, 아이야."

다시 소용돌이 속으로 빨려 올라간 파이몬이 모습을 감추자 천장에서 검은빛을 토해내던 소용돌이가 사라지고 색을 잃었던 방이 각기 색을 되찾았다.

  침대 위에 기절한 듯 자고 있는 건과 조용히 소리를 토해내고 있는 시계의 초침 소리만이 방에 가득했다.

To Be Continued